いまの彼女はイキイキ
やはり自身の中に眠
アイドルとしての意地
カメラを向けられる
その辺、よく分から
楽しそうな彼女を
見るのは俺としても幸せである。
「山元さん、綺麗っすね」
「そうだな」
藤原《ふじわら》
新木の会社の後輩。

OSHI ni NETSUAI GIWAKU
detakara kaisya yasunda

CONTENTS

口絵・本文イラスト:天城しの　デザイン:AFTERGLOW

推しに熱愛疑惑出たから会社休んだ

カネコ撫子

角川スニーカー文庫

23393

prologue

いなくならないで

OSHI ni NETSUAI GIWAKU detakara kaisya yasunda

人間というのは下世話な生き物であって、決して綺麗《きれい》な存在ではない。社会に出てみて本当にそう思う。

酒を飲めば誰かの悪口が横行し、誰もがこれまた良い顔で話す。笑いながらえげつないことを言ったりするから、仕事のストレスって相当だと新卒の頃思った。

タバコの量も増えた。大学の時から吸っていたが、比べ物にならないぐらいに消費している。最近は分煙化が進んで肩身が狭い。現に会社では吸う場所も決まっている。まだ全面禁煙にならないだけマシだ。そうなった時には、いよいよストライキでも起こそうか。

彼女もしばらく居ない。社会人になってから付き合った子とは長続きしなかった。「忙しい」という理由は恋人には適用外らしい。単純に面倒だった。

だから、この歳《とし》になってアイドルを追いかけるようになったのだと勝手に納得する。

サクラロマンスという5人組に惹《ひ》かれた。国民的とまではいかなくとも、そこそこの知名度があるグループだ。

その中でも、桃花愛未《ももはなまなみ》ちゃん。通称・桃ちゃん。煌《きら》びやかな黒髪と、ぱっちりとした目。快活だけど、何処《どこ》か品があってずっと見ていられる。27歳でグループ内では最年長。というより、アイドルとして考えたら中々に期限ギリギリ感がある。

それでも、俺は彼女が一番可愛《かわい》いし、応援したいと思った。最年長なのに頑張るね、なんて同情が無いわけじゃない。だが、実際パフォーマンスでは他の4人を引っ張っている。

決してエリート街道を歩いてきたわけではない。本人がインタビューでも言っているが、誰よりも努力をしたと自負しているらしい。それが自信となり、グループの原動力になっていた。

そんな彼女に熱愛疑惑が出た。

嘘《うそ》だろと思った。いやいや、桃ちゃんに限ってそれは無い、って。そう言い聞かせたけど、ネットニュースにもなっていたし、SNSでも結構な話題になっていた。だから普段買わない週刊誌まで買った。

読まなきゃ良かったと後悔した。スーツ姿の男と手を繋《つな》いでいるように見える写真。男にはモザイクが掛けられていたが、女の方は桃ちゃんに見えなくもない。実際、その写真はステージ上の彼女と違いすぎて認めたくないのが本音だった。

だから会社を休んだ。推しに熱愛疑惑が出たので、とは言えなかったが。入社して初の仮病を使った。実際、仕事出来るメンタルではない。今なら来客をブチギレさせるのも容易だ。

朝から何もする気が起きず、気がつけば夜になっていた。自分自身、ここまで落ち込むとは思わなかった。

いわゆるガチ恋しているオタクとは一線を画していたと思うが、ただなんというか、応援していた親戚の子がしっかり「女性」らしいことをしていたと知った時の違和感に近い。もっと良い例えがあると思うが、思考をやめたこの頭ではこれが精一杯だ。

矛盾するが、アイドルが恋愛するのは良いと思う。彼女たちだって年頃だ。普通ならたくさん恋をして、たくさん苦い思いをする。そうして伴侶を見つけていく。禁止と言われれば、やりたくなるのが人間の性《さが》である。禁煙と一緒だね。

それでもなぁ。桃ちゃんに限って熱愛なんて考えたことも無かったからなぁ。ずっと横になっていた体を起こして、思い切り背伸びをする。思い切り骨が鳴った。

「タバコ吸うか……」

冴《さ》えない独り言とともにベッドから立つと、テーブルの上に捨てられた週刊誌が目に入る。ご丁寧《ていねい》に桃ちゃんのページが広げられていたせいで、視線が引きつけられる。

『サクラロマンス　桃花愛未熱愛？
福岡でのライブ後　コンビニで笑顔』

わざわざ福岡まで行ったのになぁ。寂しいというか、やるせないというか。

桃ちゃんはスーツ姿の男が好きだって言うから、桃担の男はほとんどスーツを着ていく。

単純だよ、ほんと。俺もそうだったけど。

ライブ後といえば、コンビニの前で財布落とした女の人が居たなぁ。呼び止めて渡したら、何か変な雰囲気になったのを覚えている。俺そんな不審者みたいだったかなぁ。

ふと、写真を見る。

スーツ姿の男と、桃ちゃんが手を繋いでいるように見える。だけども、何かを手渡しているようにも見える。

……何だろう。この違和感。自分の瞳が写真に吸い込まれていくのが分かる。

冷や汗が止まらない。もしかして、いや、無いと思うけど、本当にもしかして。

「これ、俺じゃね？」

いつもよりタバコの味がしない。緊張というか、浮き足立っているな、これ。

でもあの場面には心当たりがありすぎた。３ヶ月前、福岡でのライブに参戦したのもそうだし、スーツで行ったのもそう。そして、ライブ終わりに近くのコンビニへ寄ったことも。

やっぱりそうだ。この写真の光景には見覚えがある。俺はこの女性を真正面から見ていたのだから。つまり、この男は俺だということになる。

アイドルと熱愛？　いやいやまさか。喋《しゃべ》ったことはあるが、それは握手会でのほんの数秒。喋った、と言っていいのかすら分からない。

それに当然、剝《は》がしのスタッフが居るから余計な事は聞けないし。連絡先だって知らない。むしろあの女が桃ちゃんだってことすら分からなかったぐらいだ。

少し冷静になるために、報道をもう一度よく見てみることにした。

熱愛疑惑とあるが、その証拠としては乏しい点。キスやハグでもしていないと説得力がない。これはネット上でも言われている。

次に相手の男について。記事を読むと、あまり触れられていない。中肉中背のごく普通の一般人と仲睦《なかむつ》まじく、なんて書いている。悪かったな普通で。

まぁ冷静に考えれば飛ばし記事であろう。俺が第三者ならそう思う。当事者としても全力で否定するし。桃ちゃん、何かドラマとか映画に出る予定あったか。あまり好きじゃないが、炎上商法というのもあり得る。

「でも参ったな……」

いずれにしても、困るのは俺だ。一般人を巻き込んでこんなデマを流すなんて迷惑もいいところである。

俺としては桃ちゃんの恋人に間違われるのは、決して悪い気分ではない。迷惑ではあるが。憧れのあの子の彼氏か……考えたこともなかったな。

それはそうと、問題はこれからだ。このことがバレたらどうしよう。アイドルとの熱愛なんて余程のことがない限り叩《たた》かれる。桃ちゃんの場合、その矛先が俺に向けられても仕方がないだろう。

モザイクが掛けられているとは言え、個人情報を百パーセント守っているかと言われればそうではない。ファンなら桃ちゃんがスーツ好きなのは知っているし、ライブ終わりであると書かれれば、ファンと繫がっていたと受け取られかねない。

相談……するにしてもなぁ。

今のところ誰にもばれていない、と思う。だからこそ悩ましい。ここで自ら墓穴を掘るようなことをしたところで、出来ることは限られている。

「いっそ、黙っておくのも手だよなぁ」

独り言。自分にそう言い聞かせるように。

実際問題、それが一番利口な解決策な気がした。これで特定されて不利益を被ることになれば、出版社を相手取って出るとこに出る。だって無実なのだから。彼女と俺が付き合っているなんていうのはファンとして不誠実だ。

加えて、桃ちゃん側からの正式なアナウンスも無い。いやこんなデマに反応するのもアレだが、沈黙は肯定と言わんばかりのアンチが騒ぎ立てるのは目に見えていた。

これまで多くの熱愛報道を見てきたが、ハッキリ否定することの方が珍しかった。騒がせておけば、それだけ世間から注目される。そんな売り方が主流になっているのが、今のアイドル業界。このまま立ち消えになるのを待つしかないか……。

気休めにもならないが、SNSのアカウントを開く。桃ちゃんの応援用に作ったが、なんだかんだフォロワーが増えた。オフ会には何度も誘われたが、どちらかと言えば人見知りな性格と自負している。参加してもあんまり楽しくないのが本音だ。

そこに一件、メッセージが届いていた。

「珍しいな」

思わず言葉が漏《も》れる。と言うのも、基本的に誰かとリプライのやり取りをすることもない。繋がってはいるが、ただそれだけ。相手の人となりも知らない。桃ちゃん関連のニュースを知れればそれで良い。これがSNSの賢い使い方だと自負している。

で、その相手だが絡んだ事のない「ブルーローズ」というアカウント。鍵付きだ。だが名前には見覚えがあった。俺がこのアカを作ってから、割とすぐ繋がったいわば古参である。だけどそれ以上でもそれ以下でもない。

「長っ」

そう言ってしまうほどの長文であった。こんなに長く何を書いているのか逆に不思議だ。まぁ、面倒だったら無視すれば良いし。そもそも互いに顔も知らない間柄。ＳＮＳとはそういうモノだろう。だからと言って罵詈雑言《ばりぞうごん》を浴びせてもいいとは思わないが。言葉は花にも刃《やいば》にも変わることを、多くの人は分かっていない。

２本目のタバコに火を付ける。合わせて、視線を文章に落としていく。先ほどよりは冷静になったおかげか、いつもの爽快感が鼻を抜けた。だが、それは呆気《あっけ》なく崩れることになる。

『――桃花愛未の熱愛疑惑について、お話ししたいことがあります』

思い切り咳《せ》き込んだ。不本意な形で煙を吐《は》き出す。ただの世間話をダラダラと続けていて、読むのをやめようかと思った矢先のコレだ。胃がキリキリと痛む。それぐらいの衝撃が俺を襲った。

「な、なんで……？」

32年生きてきて、一番情けない声だ。自分でも恥ずかしい。めちゃめちゃ。とてもおっさんとは思えない。

脅しにしては妙に丁寧な文章。それが余計に気色悪い。

ただの脅しじゃない。誰にでも送っている可能性も否定出来ないが、あまりにもピンポイントすぎる。よく読むと、俺が過去にツイートした内容をほのめかすことも書いている。

これは明らかに、俺に向けられた文章なのだ。

『──驚かれていると思います。ですので、ご説明させていただきたく、ご連絡差し上げた次第です』

うん、やはりそうだ。丁寧すぎる。イマドキSNSで誰かを脅すような奴《やつ》はどうしてもバカなイメージがある。実際そうだろうが、このブルーローズというアカウントからはそれを感じない。あくまでも主観。根拠は無い。文章の最後は、こう締められていた。

『──明日のお昼12時、居酒屋「コヨイの酒新宿駅前店」でお待ちしております。受付には「ヤマモト」と伝えてください』

随分と一方的な奴だ。恐怖を通り越して笑えてくる。昼の12時に居酒屋？　ランチでもするつもりかよ。しかもご丁寧に新宿駅前と指定してきやがった。俺の会社の場所を把握しているということか？

確かにそれに近いツイートをした記憶も……なくは無い。それで特定に近いことをしてくるのだから、恐ろしすぎる。

何より、コイツは俺の身なりを知っている。ここまで来れば個人情報はバレてると思っていいだろう。

「うーん……」

何度も言うが、脅し、というわけではない。丁寧に「説明をしたい」と言ってきた。いや、実際に行ってみたら脅しなのかもしれないが。

それ以前に、明日はバリバリの平日。昼休みとは言え、素直に解放されるかどうかも怪しい。とりあえず、返答してみる。

『仕事なので難しいですかね』

何か証拠になるかもしれないと思ったから、スクリーンショットでこのやり取りを保存することにした。冷静に考えて、やはり危険だ。信用しろと言う方が難しい。返事は意外とすぐに来た。

『脅迫するつもりはありません。お願いします。少しの時間でいいんです』

よく分からない。このままだと明日仕事が手につかないぞ。いや、明日に限った話じゃなく、ずっと憑《つ》き物と一緒に生きていかなきゃならないかもしれない。

3本目のタバコを吸おうと思った。でも、切れていた。考えるのが面倒になって、そのまま眠ることにした。面倒なことに巻き込まれたと、生きるのが怠《だる》くすらなって。

☆　★　☆　★

真昼の新宿駅前はやはり賑《にぎ》わっている。普段会社の中に居ることが多いせいか、あまりこういうのには慣れていない。

貴重な昼休み。結局、俺は素直に応じることにした。仮病を使った翌日に出ていくのは気が引けたが、今まさに具合が悪い。それに何かあれば会社も気づくだろうし、念のためのボイスレコーダーも用意した。すぐ警察を呼べるようにスマートフォンもバッチリ。

少し早く会社を出て、駅のトイレで着替えてスーツをロッカーに預ける。この作業で既に10分を費やした。時計の針は12時を過ぎていた。遅刻である。そこまでして着替えるのは、流石《さすが》に仕事着で向かい合う気にはなれなかった。ただそれだけの理由。

コヨイの酒という居酒屋は、全国チェーンであるから名前は知っている。だが行ったことは数えるぐらいしかない。目的のソレは、雑居ビルの5階にあった。なんとなく雰囲気があって怖い。

エレベーターを降りると、すぐに店に繋《つな》がった。店内はランチ営業で賑わっている。少し安心した。

「あ、えっと……ヤマモトですけど」

言われた通り、受付でその名を言う。すると女性の店員は「すでにいらしてますよ」と笑った。今から何があるのかも知らない笑顔だ。出来ることならこのまま帰りたい。

カウンター席はサラリーマンの昼休みで埋まっている。同僚と会わないことを願いつつ、普段はしない眼鏡とマスクもした。何で俺が変装しているんだと心の中でツッコんだ。

案内された先は個室だった。全部で10室ぐらいあるみたいだが、その全ての戸は閉じられている。中からは笑い声も聞こえ、かなり繁盛しているみたいだ。

覚悟を決めて引き戸を引くと、そこに居たのは、一人の女性だった。

黒い帽子を被《かぶ》って、眼鏡を掛けている。咄嗟《とっさ》に俺が謝罪すると、彼女はぺこりと小さく会釈した。

正直、拍子抜けだった。イメージ的に屈強なチャラい男の一人や二人居ると思っていた。いや、これから出てくるのかもしれない。警戒心を怠らず、掘りごたつで向かい合った。

「ブルーローズ……さん？」

こうして見ると、オフ会というのは中々に可笑《おか》しな光景である。見た目は明らかな日本人なのに、名前はアクロバティック。生まれてこの方初めて口に出したよ。いや、そもそももこれをオフ会と呼ぶことに無理がある。

俺の問いかけに、彼女はまた頷《うなず》く。

「遅かったですね。応援隊長さん」

というのは、俺のアカウント名である。口に出されるとダサさが際立つ。だがそもそもアカの名前に興味がない俺にとって、その程度の考えで付けただけの名。こうやって女性に言われることになるとは、当時思ってもいなかった。

「ちょっと仕事が立て込んでいて」

「いえ。責めているわけじゃなくて」

「そ、そうすか……」

怒っているわけではないらしい。確かに彼女を見ているとそんな気がする。

よく見ると、黒髪が背中の方までスラッと伸びていて、思わず目を惹《ひ》かれた。

視線を少し落とすと、料理が置いてあるわけでもない彼女の手元にある厚めのメモ帳と少し高めのボールペン。思わず頬《ほお》が緩みそうになった。と言うのも、俺が働いている文房具メーカーで作っているものだったからだ。

10年目にもなれば、ついつい目で追いかけてしまう。商談中だったり、今回みたいなよく分からない展開でさえも。実際に売り込んだ経験もあるせいか、純粋に嬉《うれ》しい気分になった。しかもメモ帳はよれていて、十分に使い込まれている。売り上げ的にも人気な商品だけあるが、ここまで使ってくれている人は初めて見た。

「あの……？」

「あぁすみません」

にやけている俺を不審に思ったのか、彼女は不思議そうに問いかけた。俺からすれば、十分あなたも不審なんですけどね。

一つ咳払《せきばら》いをして、空気を変えた。

「昨日の件ですけど」

単刀直入に問いかける。そもそも、この場を長引かせるつもりもなかった。ポロシャツの胸ポケットに忍ばせたボイスレコーダーもしっかり稼働している。

するとこの人は、不思議そうな顔をした。

「その前に。すごく冷静ですね」

「え、ま、まぁ。話が気になりますし……」

「いえ、そういう意味ではなくて」

ならどういう意味だろう。問いかけようか迷っていると、彼女がおもむろに眼鏡を外した。

「…………え?」

言葉を失った。驚愕《きょうがく》というのはこの事かと言わんばかりの波が俺を襲う。やがてそれは震えに変わり、握手会のような緊張感。

化粧こそ薄いが、その顔には間違いなく見覚えがあった。眼鏡だけでここまで変わるのも珍しい、と感心している場合ではない。

思い出される記憶。憧れのあの子が目の前に居ながら、何度も狼狽《うろた》えて、たった一つの言葉を投げかけるのにも無数の時間を費やした。

その子が、目の前に居た。

「も、も、桃ちゃん……?」いやまさか。そんなことないですよね。うん、そうだ。これは新手の脅しってヤツだ」

オタク特有の早口になったが、気にしない。この状況を信じろという方が無理だ。絡みのないアカウントから脅され、来てみたら本人が居る？　冷静に考えて意味が分からない。

「脅しではありません。ですから、ご説明したくて」

それにしても、ステージ上の桃花愛未とは別人な空気感だ。しっかり者のイメージはそのままであるが、何というか、地味である。薄化粧のせいだろうか。いやそれでも可愛《かわい》いと思います、はい。

加えて、週刊誌に撮られた時と同じ格好をしている。ボヤけた記憶が確信に変わる。俺はあの時桃ちゃんに財布を手渡したのだ。つまり、桃ちゃんの財布を触ったということである。

「でゅふ」

「え？」

「あ、いや、失敬」

とんでもなく気持ち悪い笑みが出た。慌てて平静を装う。32にもなって、こんな変態的な笑い方が出来ることに驚いた。

一度咳払いをして、頭をリセットすることにした。とにかく考えていても仕方がない。彼女から危害を加えられることもないだろうし、少し話に耳を傾けてもいいだろう。

「気になることだらけですが、とりあえずお話を聞きます」

「冷静なご判断ありがとうございます。実をいうと、話にならないのではと不安でした」

「そりゃそうでしょうね……」

それを言えば俺もそうだ。大して絡みのないアカウントから計ったような文章が送られてきたあの恐怖。たぶん一生忘れないだろうな。だがそれは、彼女も同じと言えばそれもそうか。

とりあえずは安心と言っていいだろう。新手のスパムかとも思ったが、桃花愛未本人の登場で一気に覆された。

なんとなくの推測だが、こういうのはアイドル本人が対応するケースはまず無い。基本的に所属事務所を通して何らかのリアクションをする。そういうのを俺は何度も見てきた。今回はそうじゃない。当の本人が、こうやって動いているとなると、間違いなく独断。事務所の人間が知っていたら、絶対に止められる。俺はこうして向かい合っているが、普通に考えて何をされるか分からない状況だ。

となれば、この疑惑。一筋縄では終わりそうもないのは目に見えて明らかだった。

「今回の報道に巻き込んでしまって、本当にごめんなさい」

「あ、いや。何というか、こうして桃ちゃんに会えたからそれはそれで良かったかな……」

嘘《うそ》ではないが本音でもない。ファンというか、男としての見栄《みえ》である。こんな可愛い子が頭を下げているのに、罵倒するほど腐ってはいない。そうしたい気持ちはゼロではないが。

まぁ端的に言うと、言いくるめられたというわけです。

「質問、いいかな？」

「……はい」

時間の関係もある。彼女の説明を待っているだけでは話が進まないと判断した。俺がそう言うと、少し考えて渋々頷く。よく分からんな。この子。

「どうして君は一人でここに？　事務所とかの許可は貰《もら》っているの？」

パパ活みたいな聞き方だな。自分が気持ち悪い。それにしては割と真剣な内容だったせいか、彼女は何も言わず考えている。

扉のノック音とともに、店員が催促に来た。慌てて適当にランチメニューを注文する。食欲はないが、何も頼まないのは気が引ける。彼女はウーロン茶だけを頼んだ。

「全て私の独断です。今日のことも、報道のことも」

予想通りだ。これで事務所を通していたら、会社としての存在意義を疑う。

それはそうと、所属タレントがこんなことをするメリットが無い。ＳＮＳの裏アカウントで人を呼び出して、報道の件について話したいという行動にどんな意味があるのだろう。それを聞くためにここまで来たのだ。

……まぁ、一つ言えるのは。ロクな理由じゃないということは確かだということである。

「――私、アイドルを辞めたいんです」

運命というのは、俺の遅い青春すらも奪おうとしてくる。あの好きな桃ちゃんに熱愛疑惑が出て、その写真に写っていたのが俺で、SNSでその件について説明したいなんてメッセージが来て、その通りに会ってみたら桃ちゃん本人だった。と一昨日《おととい》の俺に言ったらどんな顔をするだろうか。想像するだけで笑えてくる。

で、その彼女が今とんでもないことを口にした。恐らく、ファンの前で一番言ってはいけないことを。

「アイドルを……辞めたい？」

「はい」

聞き間違いじゃなかった。最悪だ。生きる糧を目の前で取り上げられた感覚。真剣にオタってたから正直しんどいどころではない。熱愛疑惑があってもアイドル自体は続けていくだろうと思い込んでいただけに。

「その……本当にごめんなさい。応援隊長さんに言うことじゃないと分かっているんですけど……ですけど」

そう言われるが、本気で泣きそうになっている自分が居る。32歳、独身。推しに熱愛疑惑が出た上にアイドル辞めたい宣言。何を糧に生きていけばいいのだろう。

まぁ状況が状況だ。色々巻き込まれるのは覚悟していたが、まさか辞めたいとはなぁ……。

「……う、うん。ちょっと状況が理解出来なくて。説明してもらえると助かります」

主導権を握ったつもりだったが、呆気《あっけ》なく手綱を手放した。体に力が入らない。虚《うつ》ろな目で彼女を眺める。昼休みが終わる30分前の話にしては、あまりにもつまらない。

「……まず報道の件から。ここ1年ぐらい、ずっと尾《つ》けられていたんです。サクラロマンスも人気が出てきた頃でしたので。あの日も例外ではありませんでした。財布を落としたのは完全に私の不注意です。それを拾ってくれた応援隊長さんには全く落ち度はありません。でも、事実としてそれが週刊誌に載ってしまった。違うのに」

長々と説明してくれているが、半分聞いていないようなモノだった。上の空とはこのこと。目の前に居るのはあの桃花愛未だというのに、なのに、今は彼女の顔を見たくないとすら思えてきて。あんなに可愛くて好きだったのに。

「それがどうしてあんな風に載ったのか、その原因は私にあるんです」

周りの客達が帰り始めたせいか、先ほどよりも彼女の声が響く気がした。ボリュームを抑えなきゃ身バレだってあり得る。それなのに、彼女はトーンを変えない。今から言おうとしている言葉に気を取られているように見えた。

「あの後、記者に直撃されたんです。あなたとの関係を。それで――」

「まさか付き合っていると⁉」

　あまりの急展開にハッとして、急に声を張り上げてしまった。コレに驚いたのは彼女だけでなく、店内も少しざわめいた。平謝りして、言葉を促した。

「ち、違いますっ！　あ、い、いや違わないけど……」

「どっちですか……」

　似たような事を言ったのだろう。こうして見ると、桃ちゃんってめっちゃ分かりやすいんだな。言い換えると、嘘がつけないタイプ。

　それはお前の希望的観測だろと言われれば、素直に頷《うなず》くけどさ。嘘つきより断然良いに決まっている。

「――濁したんです。答えを」

「どんな風に？」

「どうでしょうね？　って」

　それはやってくれたな。沈黙は肯定と言うが、彼女のソレもほぼ同じようなコトだ。

　言われてみると確かに、彼女のコメントも載っていた気がする。冷静に全て目を通せたと思っていたが、全然だったらしい。

　だが、それだけで「熱愛」と出してしまう辺り、流石《さすが》は写真週刊誌と言うべきか。人のプライベートを晒《さら》して生きているだけある。

「……どうしてそんなことを」

素朴な疑問である。ファンから見る桃ちゃんは少し抜けているところがあるが、基本的に真面目な子だと思っている。そんな彼女が進んでネガティブキャンペーンに足を突っ込むとは思えなかった。

「まさか、辞めたいから？」

今日の俺は妙に察しが良かった。いや、冷静に考えれば誰でも分かることだ。だけど、彼女にとってはそれがありがたかったらしい。やはり心苦しい部分はあったのだろう。自身を応援してくれている人間に対して「辞めたい」と言うのは。

小さく頷いて、唇をキュッと結んでいる。辞めるには勿体《もったい》ないぐらいの綺麗《きれい》な顔をしていた。

「年齢も高いですし、グループの中でも足手まといなんです。私」

「いや、そんなことないですって！」

咄嗟《とっさ》に出たセリフ。自分が彼女を庇《かば》っていることに気がついたのは、すっかり言霊が相手に伝わってからだった。

その時の彼女の表情は、ハッとしているように見えて、どこか泣き出しそうな顔をしていて印象的だった。

サクラロマンスというグループ内で、本人たちにしか分からない立ち位置というのは存在するだろう。会社でもそうだから。

少なくとも、パフォーマンスにおいて彼女はトップだと思う。グループ内だけじゃなく、アイドル業界全体においてでも。心の底からそう思っているから、咄嗟に励ますような言葉が出てきたのだろう。

「歌もダンスも上手で、パフォーマンスを引っ張っているのは桃ちゃんだと思います。一ファンの意見にしか過ぎませんけど」

「……ありがとう、ございます」

少し照れ臭そうに言う彼女は、とっても可愛くて胸が高鳴った。握手会の時にも同じことを言った記憶がある。その時よりも、薄化粧の今の方が可愛く見えるのは何故《なぜ》だろうか。

あと15分ほどで昼休みが終わる。だけど、今ここで彼女の話を切るのはいけない気がした。なんとなく。ファンだからというわけではなくて、一人の人間として彼女を見た時の判断だった。

「なら、ブルーローズというのは裏アカですか？」

「はい。正確には、デビューする前からのアカウントです」

「あ、そういうこと」

ある意味、リアアカというわけか。SNS社会の昨今、若者でやっていない方が珍しい。桃ちゃんが公式アカウントでSNSデビューしたとも思えなかった。

「でもまさか本人だとは……正直驚き通り越して冷静です」

「私は、応援隊長さんのことを知っていましたよ」

「え？」

思いもしなかった事を言われて、心臓が高鳴る。僅かに口角の上がっている彼女を見て、それは収まるどころか紅潮となって顔に表れた。

「握手会でよく話してくれていたから」

「ま、まさか覚えて？」

「はい。もちろん全てではありませんが、応援隊長さんのことは覚えています」

さっきとは別の意味で泣きそうになった。本当にいい子すぎる桃ちゃん。アイドル特有の嘘臭《うそくさ》さが無くて、どうして辞めたいなんて言い出すのだろうか。

俺は彼女のファンになってから、握手会には足繁《あししげ》く通った。会いに行けるのなら会っておきたいという理由で。一度行ったらその沼にハマってしまったが。

正直、認知が欲しかったわけではない。他のファンの中には、覚えてもらうために一生懸命アピールを考え、毎回同じ服装で臨んでいる人だって少なくないが。

だけど、俺はそういうわけじゃなかった。ただ彼女を見ているだけでストレスが消えていくから。俺とは住む世界が違うと、どこか一線を引いていた。

「なら、どうやってアカウントを？」

「自分で仰《おつしや》ってましたよ。応援隊長ってアカウントやっています、って」

どこが一線引いていただよ。苦笑いして誤魔化《ごまか》すしかできない。

バリバリ桃ちゃんの気を引こうとしているじゃないか。そんな事を言った記憶はないのが正直な話だが。全く、人間とは都合の良い生き物である。

気がつくと、昼休み終了5分前になっていた。会社まで戻る事を考えると、もう間に合わない。幸い、割と自由な社風だからちょっとぐらい良いだろう。「少し用事で」と同僚にメールした。昨日仮病を使っておいて、今日もサボりだ。

「ごめんなさい。もう大丈夫」

「お仕事中なのにすみません……」

「気にしないでください」

どうせ、このまま帰れば気になって仕事どころじゃない。とは言えなかった。なるべく不自然にならないよう、彼女に気を遣わせないように言った。

それで、だ。少し情報を整理しよう。なんか昨日からずっとこんな感じだ。家にいるのに仕事している感じ。嫌になる。

桃ちゃんはアイドルを辞めたいと言う。いわば、そのために熱愛疑惑を持ち出した。一般人である俺を巻き込んで。冷静に考えて迷惑な話である。だが、起こってしまったことに文句を言っても始まらないのは分かっていた。

ふと、気になったことがある。

「なんで辞めたいと思ったんです？」

そう。そもそも、彼女がそう思わなければこんなことにはならなかったはず。ファンから見て、スポットライトを浴びる機会も順調に増えてきていたし。俗に言うメディア露出だ。

ドラマや映画のタイアップに選ばれることもあったし、俺からしたら着実に階段を登っているように見えていたけどな。どうやら本音は違うらしい。

「……もう、疲れました」

「多忙、ってことですか？」

彼女は首を横に振った。４回。

「本当にやりたいことが分からなくなって。周りの声は過激になるし、眠れない日も少なくなくて」

ピンと来た。まさに昨日、俺たちがやり取りをしたモノ。ＳＮＳという存在。言葉のナイフを持った匿名共が集まる空間だ。

無論、そんな奴《やつ》らばかりじゃない。純粋に楽しんでいる人も居る。だが人間というのは「99人の好き」よりも「１人の嫌い」が記憶に残る。不思議な生き物である。

嫌われたい人間は居ない。心のどこかでは必ず、自分のことを認めてもらいたい欲求がある。認めてもらいたいのであればまだ良い。けれど、中傷することで自身の存在価値を保とうとする人間も少なからず居る。俺だって、伊達《だて》にSNSサーフィンしていない。言っちゃ悪いが、あれは無法地帯だ。

「エゴサーチとか？」

彼女はこくりと頷いた。意外だった。

だけどこれでハッキリしたのは、桃ちゃんはSNSをやるのに向いていない。ファン以外の方が多い世界。アイドルや芸能人というのは、好き勝手言われる的なだけ。軽く受け流せるぐらいの余裕が無いと、しんどいだけだろう。本当、生きづらい世の中である。

「知名度が高くなればなるほど、心が折れそうになるんです」

「その、事務所のメンタルケアとか無いんですか？　イマドキは特に必要だと思うんですけど」

「ウチの事務所は古くて。そういうのとは縁が無くて」

苦笑いしながら彼女は言う。

だが、それは大問題である。タレントというのは人前に出てああだこうだ言われる。その精神的負担は、きっと一般人には分からないほど重いはず。今回みたく、プライベートだって監視されているようなモノだ。

自ら望んで足を突っ込んだ、と言えばそれまでだが。だからと言って彼らを好き勝手叩《たた》く権利は俺たちに無い。それを勘違いしている奴らが多すぎる。

意識を戻す。メンタルケアなんて、その辺の中小企業でもやっているところはやっている。メンタルにはそれだけの重みがあるからだ。病んだ人間の行き着く先は――言わずとも分かる。

「その中で、応援隊長さんのアカウントは励みになっていました」

「お、俺のですか……？」

「はい」

あ、可愛《かわい》い。照れ臭そうに頷《うなず》く彼女を見て、こちらまで恥ずかしくなる。

確かに、裏アカで繋《つな》がっていたのなら俺の発言も見ていたことになる。途端に変なことを言っていないか不安になったが、彼女の表情を見る限り大丈夫だろうと言い聞かせた。

「ずっと応援してくれて、本当にありがとうございました」

それは、まるで終わりの挨拶のようだった。

これから先はもう気にしないで良いと、言われているみたいで。胸の奥が苦しくなった。

「そんなこと言わないでよ」と言いそうになったけど、彼女の話を聞いたら安易に言えない自分が居た。

「――辞めても、良いと思います」

だから、桃ちゃんの言葉を鵜呑《うの》みにしてしまう。でも彼女の気持ちが少しは分かる気がした。ストレス社会という意味では、芸能界も俺たちが暮らす世界も同じだから。自身の心を締め付けながら生きるのは、あまりにも酷だ。

「……止めないんですね」

「そりゃあ、本当は辞めないで欲しいですよ。でも、辛《つら》かったら無理して続ける理由もありません。会社でも同じですから」

　新卒で入社して気がつけば10年。周りを見れば、転職した友人も多い。本人に合う、合わないは重要なポイントになる。そう考えると、一つの会社で10年も働けるのはある意味ラッキーだった。別に苦ではないし。

　桃ちゃんは俺よりも若い。いくらでも人生やり直せる。割と知名度が高いアイドル出身なんて、探しても出てこない人材だ。

　他のファンだったら、何と言うだろうな。

　全力で止めただろうか。それとも、色々と御託を並べて説得しただろうか。でも、ファンがそこまでするのは筋違いな気がする。

　彼女の生き方まで、決めるだけの覚悟は俺には無い。巻き込まれておいて何だけど。

「これからの対応はどうするんです？」

　色々と困惑したせいで後回しになっていたが、俺からすれば一番気になるところである。

問いかけると、彼女は申し訳なさそうに口を開いた。

「事務所からリリースが出ます。事実無根。あの写真はただの偶然で、相手も全然関係の無い人、だと」

「え、それって――」

言いかけたが、俺の言葉の意味が分かったらしく、彼女は小さく頷いた。

熱愛疑惑を起こして、アイドルとしての価値を落とそうとしたのに。スキャンダルを一度でも起こしたアイドルは、周りの見る目が変わるから。

でも、今回の場合はある種の自演。事実無根と言ったが、まさにその通りなのだ。だから無傷、という話ではないけれど。

彼女はさっき、「グループ内の足手まとい」と言った。ファンから見ても、また事務所側から見ても、それはあり得ないと思う。むしろハイパフォーマンスで引っ張っている立場。その彼女に抜けられるとなれば、相当な痛手になるはずだから。

そう考えると、事務所側の対応は至極真っ当な気がする。本人の意志は関係ない。

けれどそれは、彼女が求める結果にはつながらないような。あえて口にはしなかった。

「本当に、ごめんなさい」

何度目か分からない謝罪。微笑《ほほえ》んだり、泣きそうになったり。感情表現が豊かな子だなと思う。ステージ上の彼女も同じような感じだから、目の前に居るのは本物の「桃花愛未」なんだと改めて実感した。

謝られても、どうでも良かった。むしろ、彼女の行く末が気になり始めている自分が居て。一ファンとしたら、彼女の引退を止めたい。でも、彼女の意志を無視したくない。そんな狭間《はざま》で揺り揺られ、感情がブランコ遊びしているよう。

「俺は、桃ちゃんの意志を尊重したいです」

「えっ……？」

「色々大変なのは分かります。正直、いま自分が桃花愛未と話している状況も理解出来ていません。ですけど――」

今この瞬間だけは、久々の握手会に来た気分であった。憧れのあの子に、たどたどしく想《おも》いを伝えるあの光景がフラッシュバックして。

「俺は、今でも桃ちゃん推しのおっさんです。だから、無理せず生きてください」

その言葉に嘘《うそ》はない。心からの本心だ。

これから先、もう彼女の姿を見ることがないと思うと、胸が苦しい。呼吸すら出来なくなりそうなぐらいに。

それでも、廃れていく彼女を見たくない。それなら、いっそ俺の前から消えてもらったほうが良い。そんな自分に都合の良い理由なのだ。

「でも、どうして俺なんかに」

「その時は、色々疲れていたんです。週刊誌には尾《つ》けられて、グループ内でも上手《うま》くいかなくて」

彼女なりのSOSだったのだろうか。話を聞いていると、今回の件は衝動的なモノである。計画性は感じられない。きっと、今日俺を誘ったのもそうなのだろう。

何というか、危なっかしい子だな。

「とにかく、ゆっくり休んでください。俺はもう大丈夫ですから」

「……はい。ありがとうございます」

そう言う彼女の顔からは、先ほどの申し訳なさは消えている。どこか優しく、嬉《うれ》しそうに笑った。俺が見慣れた笑顔で、少しだけ安心する。

本当にもったいないな。こんなに可愛くて、歌もダンスも上手い彼女が表舞台から姿を消すなんて。

昼休みが終わって30分が経《た》っていた。彼女との話は、ある意味いい思い出になった。別れ際は寂しいものだったけれど。

結局、彼女は頼んだウーロン茶を待たず席を立ってしまった。少しして、俺が適当に注文した唐揚げ定食と、彼女のお茶が運ばれてきた。桃ちゃんが居ないことに店員は不思議そうな顔をしている。事を荒立てたくなかったから、適当に誤魔化してソレを受け取った。

別にわざとじゃないのにさ。いいじゃないか。今日は、俺の推しが目の前から居なくなった日なのだから。

この翌日、サクラロマンスの公式ホームページにお知らせが掲示された。

内容は、桃花愛未の報道が事実無根であること。そして、同氏が心労により2ヶ月程度の休養に入ること。ネットニュースでは、好き勝手に彼女のことを笑う声が多かった。

こんなの、月のない夜空を眺めている気分だ。イラつく。何も知らないくせに、と恋人面した自分が情けなかった。

1st

リグレット・リグレット

OSHI ni NETSUAI GIWAKU detakara kaisya yasunda

桃花愛未《ももはなまなみ》の熱愛疑惑を覚えている人間は、どれだけ居るのだろう。たった1ヶ月しか経っていないが、人々の関心は誰かの不倫や不祥事に流れていた。消費者脳というのは、本当に残酷なモノだ。

かく言う俺も、桃ちゃんが表舞台から消えて抜け殻のようになっていた。生きる楽しみを失ったのだ。ただ会社のために血肉を注ぐ人間のカタチをした機械と化している。

季節はすっかり夏に模様替えしていた。俺の感情は、桃ちゃんと会えたあの日から止まっている。

タバコを取り出して火を付ける。勢いよく吸い込んで、肺まで送り込む。鼻から抜けるこの味が、たまらなく美味《うま》い。そんな単純作業。

息と一緒に煙を吐《は》く。自宅マンションのベランダはさびれている。夏の入り口みたいな生ぬるい風が全身に当たる。

「新曲、売れてるなぁ……」

タバコ片手にネットニュースを漁《あさ》る。そこで目に留まったのは、桃ちゃんが休養してから出したサクラロマンスの新曲の話題。高校生に人気のアプリでウケたらしく、動画配信サイトでのミュージックビデオ再生回数もグループ内では最多を更新したという。「桃担」からすれば、複雑以外の何物でもない。ここに彼女が入れば、この売れたカタチを崩すことになる。売れれば良い事務所は、どう判断するのだろう。スキャンダル未遂とはいえ、イメージダウンは避けられない。

彼女の裏アカである「ブルーローズ」も、あの日以来動きが無かった。メッセージはおろか、発言すらしていない。もしかしたら、完全にログアウトしているのかもな。エゴサーチ出来ないように。それならそれで良いことではある。

ただそれは、彼女との唯一無二の繋がりを無くした気がして。少し寂しいのが本音だ。いや、そもそも繋がりなんて大層なモノではないけれど。

タバコを吸い終わると、解放感がすごい。

桃ちゃんが休養に入ってから、サクラロマンスそのものを追いかけなくなった。別に他のメンバーに興味が無いわけじゃないが、俺にとってのサクラロマンスは、桃花愛未だったのだと痛感している。

社会人にとって大切な休日は、ここ1ヶ月無駄に終わってばかりだ。ただでさえインドア派なのに、彼女たちを追いかけなくなって本格的に家を出なくなった。こうやって、ドルオタは消えていくのだろう。そう考えると、なんか儚《はかな》いな。

桃花愛未を追いかけている時は気にならなかったが、もう32歳。今のままだと、独りで人生を生きていくことになりそうで悲しいというか、なんというか。別に結婚願望があったわけではないが、心に空いた穴を異性で埋めようとする本能が働いている。

そもそも、顔に自信が無い。生きてきてカッコいいと言われたことはないし、カワイイとも言われたことはない。

いわば、意識してないけどそこに居るだけの存在。付き合えないけど同僚や友人なら歓迎、なんて言われるタイプだ。髪の毛は元気だが、いつ終わりが来るか分からない。内心ではビクビクしながら仕事している。

この世界の空は繋《つな》がっている。憎たらしいほどに広がった青空を背に、財布をズボンの尻ポケットに突っ込んだ。昼から酒を飲む決意の表れである。

あの子も見ているのだろうか。この空を。

もし桃ちゃんが復帰しても、やがては辞めてしまう運命。それは変わらないけど、本人の口から聞いている分、やけに現実的な問題に聞こえる。

きっと、最後に握手会をやってくれるはずだ。その時には何と伝えようか。

――うん。やっぱり、感謝の気持ちだな。

桃担で良かったよと、泣きそうになりながら伝える自分が簡単に想像できた。それが可《お》笑《か》しくて独り鼻で笑った。

家を出ると照り付ける日差しがうるさい。近所のスーパーマーケットまで歩いて数分。大して自炊もしないせいで、宝の持ち腐れ感が生まれる。もう気にしていないけれど、やっぱり料理が出来る人はすごいと心から思う。

スーパーの中は冷房が入っていた。足を踏み入れた瞬間、肌表面についた熱気を振り払うような冷気が全身を包んだ。店内は生鮮食品コーナーや、独立したパン屋などがテナントみたいな形で入居していた。平屋建てだから上り下りが無いのはありがたい。そんなことを思える歳になってしまったと情けなくもあったが。

足は本屋兼文房具屋『ナカノ書房』に向かった。飲み物を買いに来ただけだが、文房具メーカーで働く身として完全な職業病に近い何かがあった。

「あら、どうも」

「こんにちは。暑いですね」

「そうねぇ」

何より、ここはウチの卸先でもあるのだ。俺が入社する前からの付き合いらしいが、営業部に居た時は担当していたし、ここのオーナーとも気軽にあいさつできる間柄である。

店主の仲埜《なかの》さんは、すごく話しやすいオバちゃんだ。本人いわく実家の稼業をそのまま継いだだけだと自嘲気味に言うが、今の時代に本と文房具を売って生計を立てている時点ですごいと思う。

ここに来るといつも、ウチで作った文具がどれぐらい消費されているかをチェックする。ボールペンやメモ帳、スティックのりなど幅広い。いちいちメモ取りするまではないが、減り具合を見るだけでも需要が見えてくる。

「彩晴《さいせい》さんの製品、売れ行き好調なのよ」

「それはよかったです」

仲埜さんが言う彩晴というのは俺が働く会社、彩晴文具のことである。長年の付き合いがあるおかげで、基本的に悪いことは言われない。最近良いことが無かったせいで、反動的に頬《ほお》が緩んだ。

ふと目に入ったのが、あの日彼女が使っていたペンとメモ帳だ。ウチの製品でも特に人気がある。書きやすくて評判と聞く。でも頭をよぎるのはやっぱり、桃花愛未の悲し気なあの表情である。

あの中には、彼女が紡いだ言葉が眠っているのだろうか。誰にも吐露できない心の中を曝《さら》け出しているのだろうか。それを知っているのは彼女本人だけ。覗《のぞ》き込みたいと思ってしまうのはファンの範疇《はんちゆう》を越えているのかな。

視界に入る四季色たち。仲埜さんは好調だと言ってくれたが、相変わらず棚にはたくさん差し込まれている。消費量は食料品と同じなわけもない。気にする必要は一切ないけれど、桃ちゃんが頭の中に居るせいで寂しく思えた。推しのせいにしてしまう自分がみっともなくて。仲埜さんに聞こえないようにため息を吐《つ》いた。

「あの」

ふと隣から声がした。仲埜さんじゃない。彼女よりも若々しくて、どこか憂いを帯びた声色である。それはまるで、俺が知っている一番綺麗《きれい》で可愛《かわい》い桃色の香り。

「あぁすみません」

咄嗟《とっさ》に立っている場所をずらした。俺の目の前、つまり彩晴の文具に用があると察したからだ。目の前で売れていくのを見られるのはある意味貴重だから。

特に意図せず視線を落とした。メジャーなブランドのキャップを被《かぶ》って、薄緑のTシャツにベージュのチノパン、黒のリュックを背負っている。すごくスタイルが良い人だ。ボーイッシュな格好が良く似合う女の子。胸はあまり大きくはないけれど。

「へっ」

途端に気の抜けた声を出したのは、この子だった。と言うのも、俺の顔を見上げていたからである。視線が合う。ほんの少し釣り目で、でもぱっちりとした瞳に吸い込まれそうになる。無意識に高まっていく全身の鼓動。恋に落ちた時の衝撃じゃない。これはあれだ。要は気まずさで心臓が止まりそうになっているだけ。

それは、夏に似合わない桃色の空気を纏《まと》っていた。

慌ててキャップを深く被りなおす彼女。さっきまで合っていた視線を見失った。顔が見えない。無意識なファン根性で控えめに心を覗き込む。随分と薄化粧だが、間違いない。胸はあまり大きくないけれど、と茶化《ちゃか》した彼女は俺の推し、桃花愛未であった。どうして近所のスーパーに居るのか、どうしてナカノ書房に居るのか、どうしてこの時間帯なのか。気になることしか頭に浮かばないが、俺が推しの胸を心の中でイジった事実は消えない。

「ごめんなさい」

「へっ？」

「あぁいや……すみません」

無意識に思っている言葉が漏《も》れた。彼女も動揺しているようで聞き逃してもらえたらしい。別に悪気があったわけではない。俺は桃ちゃんの胸のサイズを気にしたこともないし。うん。すらりとして綺麗じゃないか。

それで、意識を再び彼女に向ける。また目が合う。けれど、また避けるように視線を逸《そ》らされた。それを追いかける気にはなれなかった。

「新木《あらき》君の知り合い？」

「知り合いと言うか、なんと言いますか」

仲埜さんが興味津々な様子で聞いてくる。俺たち以外に客が居ないせいで、周りを気にしていないようだ。つくづくタイミングが悪い。

それよりも、単純に気になる。どうして彼女がこんな場所に居るのだろうか。いわば、ここは俺のホームタウンだ。歩いて数分なのだから、それだけ通う頻度は高い。それに、
周りは住宅街で何かの拍子に立ち寄ることもまずないだろう。

「仕事のついでなんです」

「仕事？」

休養中だよね？　とは言えなかった。いずれにしてもプライベートであることには変わりない。ここで変な追及をしてしまえば、それこそ週刊誌の記者と同じだ。別に彼女を論破するつもりなんてないのだから。

「みーちゃんも照れちゃってどうしたのよ」

「みーちゃん？」

仲埜さんが揶揄《からか》うように言う。その言葉が俺ではなく、彼女に向けられたモノだと気づくのに少しだけ時間を要した。

少なくとも、俺が知っているのは「みーちゃん」ではない。そんな彼女は仲埜さんの発言に「もうっ！」と怒っている。ほんの少しだけ彼女の素を見た気がした。うっすらと汗ばんでいた両腕はすっかり冷房の虜《とりこ》である。特に寒いわけではないが、さすってみると湿

っていた腕は消えていた。

「その……なんでもありませんから」

「あ、う、うん」

桃ちゃんから釘《くぎ》を刺された。語気の強さに思わず狼狽《うろた》えてしまう。

仲埜さんは桃花愛未と知り合いらしい。と言うか、察するにここの常連なのだろう。ペンやメモ帳をあんなに丁寧《ていねい》に使ってくれているのだ。そう考えるのが自然な話。

「それでは」

ノートとペン、そしてスティックのりを取ってレジに並ぶ。その際にペコリと会釈してくれた。対応する仲埜さんはなぜかニヤニヤしていて、俺の方を見てくる。一方で、桃ちゃんは彼女と目を合わせようとしなかった。まるで拗《す》ねた子どもみたいで少し可愛かった。

「あ、あの桃ちゃん」

名前を呼ぶと、ピクリと肩を震わせた。ちょうど会計を終えたようで、くるりと俺の方を向く。声に反応してくれたと思ったが、考えてみれば俺の方に来ないと店を出られない。

なんか少し悲しい気分になった。

「俺、待ってますから」

特に深い意味なんてなかった。言い訳じゃない。

あの日言われた「アイドルを辞めたい」という言葉は、俺の頭の中にこびりついていた。

けれど、どういうわけか今この瞬間だけはそんなことなくて。

ただ、俺の瞳を無意識に覗き込む彼女を引き留めたいとしか考えられなかった。

彼女は何も言わず、俺の横を通り過ぎて行った。会釈してくれたさっきのあの子とは、まるで別人みたいな顔をして。

そんな夏。屋内なのに、蟬《せみ》の声が聞こえた気がした。

これはただの心臓の音だというのに。

☆★☆★

桃ちゃんの活動休止期間の2ヶ月が経《た》とうとしている。彼女と遭遇した次の日、突如ホームページ上でファンクラブ会員限定の握手会を開催するとの告知があった。もちろん申し込んだ。昨日の夜、また彼女に関するリリースがあった。復帰の知らせだろうと誰もが思った。

でも違った。うっすらと頭の中で理解していた最悪のケースに直面したのである。

——桃花愛未、脱退のお知らせ。

目を疑った。しばらくは活動してくれるとばかり思っていたから、この展開は頭から取り外していたのに。

ここ最近、アイドルグループのメンバーが抜けることを「卒業」と表現するのが主流になっている。別に何も思わなかったが、よくよく考えると変な話だ。脱退には変わりないのだから。

でも――脱退と表現するということは、メンバー側に何かしらの不祥事があったのではないか。なんてファンの心配を煽《あお》る。本来は間違った表現ではないのに、マスコミや世間が「卒業」と美化したせいで変な誤解を招きかねない。

その説明をするように、リリースにはこう記されていた。

『この度「脱退」と表現致しましたのは、本人の強い意向によるものです。サクラロマンスとしての活動意欲の衰退は、ファンの皆様を裏切る行為であると自覚しており――』

いや、そんなことは無いんだけどさ。少なくとも、桃ちゃんは俺に勇気と感動をくれたし、生きる気力を与えてくれた。だから盛大に送り出してあげたかったのに、卒業コンサートすら開催しないとのことだった。

この日、俺はコンサートホールに居た。ファンクラブ会員を対象に桃ちゃんの握手会が開かれるからだ。急遽《きゆうきよ》、脱退前最後に、ファンと直接話す機会を作りたいという、彼女の思いだった。

それは素直に嬉《うれ》しい。一ファンとして、このまま消えてしまわれるのは気持ちの整理がつかない。最後に思いの丈をぶつけて、この桃担人生に終止符を打つ権利ぐらいあるだろう。暴言吐《は》いたり、侮辱するような奴《やつ》は居ないと信じている。

それでもやっぱり、最後に歌って踊る桃ちゃんを見たかった。それが本音だ。

時間前の喫煙所で一人、煙を吐く。彼女への憧れがその煙に込められている気がした。

ネットニュースを見ると、随分好き放題言われている。「火の無い所に煙は立たない」とか「自業自得」とか。彼女を擁護するコメントには、それに対する誹謗《ひぼう》中傷も見受けられる。

一人舌打ちする。こういう奴に限って、大して興味が無いのだ。ただ人のことを貶《けな》したいだけのしょうもない人間。ネットだろうがなんだろうが、人を馬鹿にする奴にはロクなのが居ない。

そういえば、彼女の裏アカであるブルーローズにも動きがあった。しばらく沈黙していたが、いつの間にかポッポッと発言するようになっていた。

だがそれも大した内容ではない。どんなことを言っていたかも忘れた。

俺はそれが彼女のアカウントであることを知っているが、俺以外の人たちは知らないわけで。裏アカと言えど、きっと仕事の愚痴は言えないんだろうな。

誰とも繋《つな》がらず、ただ愚痴を吐くだけのアカウントも存在する。だがやはり、ストレスは人に聞いてもらいたい欲がある。きっと彼女もそうであろう。誰にも聞かれない愚痴というのは、寂しいモノだ。

タバコの火を消して、少し考える。

なによりも、桃花愛未というカテゴリーの終わりは、本当に呆気《あっけ》ないと思った。ファンクラブ会員限定とはいえ、俺が想像していたよりも参加者は少なかったからだ。

熱愛疑惑の代償なのだろう。分かっていたとはいえ、あまりにも切ない。サクラロマンスで一番人気なのは桃ちゃんだったのに。彼女抜きでもやっていけるだけの土台が出来上がったと、事務所は判断したらしい。

コンサートホールを借り切っての握手会ということが唯一の救いだ。これまでグループを引っ張ってくれた彼女に対する感謝の意が込められている気がした。

まずは彼女からの挨拶で始まった。俺は決められた席に座って、ただその声に耳を傾けた。桃ちゃんから見れば、スーツの男たちが真正面に座っているのだ。何かの講演会と誤解してしまいそうで可笑《おか》しかった。

そんな俺とは裏腹に、彼女はとにかく謝った。ファンが気の毒になるぐらいに、頭を下げた。一人のファンが「頑張れ！」と声を掛けたのをきっかけに、ホールは桃ちゃんの名前で溢《あふ》れた。無論、俺もその一人であった。

歌も踊りもない挨拶ではあったが、自身の疑惑が原因なのだ。自重して正解だと思う。もう聞けないのは残念だけれど。

握手会はそのあとだった。これから別室に移動して順に彼女の手を握る。最後の10秒間を堪能するために、ドルオタたちはその慣れない頭で女心を読み解こうと必死である。

今座っている席順に、とのことで俺は最後だった。つまりは1時間ぐらいの待ち時間がある。その間はとてつもなく暇なのだ。仮眠しようと思えば出来る。

瞼《まぶた》を閉じて、思い返した。これまでのことを。桃花愛未との熱愛疑惑を報じられ、彼女と二人きりで会い、連絡手段も知ってしまい、そうして、グループ脱退に至った。

責任を感じないわけじゃない。報道は事実無根にしても、俺の説得次第では脱退することは無かったかもしれない。タラレバは嫌いだが、好きだからこその感情である。

不思議と、サクラロマンスの行く末は気にならなかった。だから俺は、生粋の桃担だったのだ。今になって分かっても、もう遅いというのに。

あぁ、急に寂しくなってきたな。

今まで色々あったから、こうして冷静に考えることも無かった。彼女の終わりについて。これからは知らないところで、きっと幸せに暮らしていくのだ。彼女にはそれが似合っている。

SNSにも向いていない。人前に立つ性格とは言えない。そんな彼女が持つ圧倒的な魅力。歌唱力とダンス力。それを生かしきれなかったのが悔やまれる。本来なら、桃花愛未こそアイドルのトップに居るべき存在なのに。

「――新木さん！　起きてください」

男性スタッフの声でハッとした。

瞼を閉じて、そのまま眠っていたらしい。慌てて目を擦《こす》って周りを見ると、広いコンサートホールの座席に俺一人の状況が生まれていた。

「握手、新木さんで最後になります」

「あ、す、すみません……」

スタッフが俺の名前と顔を認識していたのには訳があった。ファンクラブ会員は身分証を提示する必要がある。足繁《あししげ》く握手会に通っていた俺のことを知る運営スタッフは少なくない。視線を上げると、見覚えのある男だった。

腕時計を見ると、ちょうど1時間が経っていた。順調に進んだらしい。荷物を持ってスタッフの後に続く。少し早歩きなのが癪《しやく》だが、寝ていた俺が言うことでもないと飲み込んだ。

ホールを出ると、握手を終えたファンが数人、ロビーに残っていた。余韻に浸っている表情が見て取れる。分かるぞ、その気持ち。

俺が最後になるなんて、それもまた不思議な縁だ。原因となったあの写真の張本人なのだから。それを事務所側が知ったらどう思うだろうな。まぁ会うこともないし、問題ないけど。

「荷物はここに。手指消毒をお願いします」

「はい。分かりました」

ポケットの中に何も無いか確認される。見ず知らずの人間と握手をするだけ、と言えど色んな奴が居る。

好意を持った人間以外が、彼女を傷つける危険が握手会には付き纏《まと》う。刃物なんて持ち込まれたら、命の危険すらある。だからこれは参加者としてのマナーだ。スタッフの言うことは絶対。

飛行機の手荷物検査を通った感じだ。そのまま個室に通される。そこには剝《は》がしのスタッフと警備の男が二人。これまでの握手会よりも厳重だ。

「あっ！　最後の方ですね！」

そして――桃ちゃん。疲れているだろうに、ファンの姿を見ると元気よく「おーい」と手を振る。

促されるまま彼女に近づいて、最後の手のひら確認。何か付いていたりすれば大問題だから。それを難なくクリアして、ようやく桃ちゃんの手を握ることが出来る。

「今日は来てくれてありがとうございますっ」

さらりと伸びた黒髪。艶があって、すごく良い匂いがしそう。化粧も濃すぎず、素材の良さが際立っている。

——いま目の前に居るのは、間違いなく桃花愛未であるのに。化粧も髪型も、そうなのに。かつての視線で彼女を見られなくなっている。その事に気づいたのが、あまりにも遅い。

「お、お疲れ様でした」

悟られないために堂々としていたつもりだが、声は震えていた。この緊張感と圧迫感は、これまでの握手会に無かった。

桃ちゃんの手は、細くて柔らかい。それはこれまでと変わっていなくて、少し安心した。だけど、今日で最後だと思うと——少し手に力が入った。放したくなくて。

彼女は、俺の右手を両手で包み込んでくれる。ファン全員に同じことをしているが、今だけは独占しているみたいで優越感が凄《すご》い。

「来てくれて嬉しいです」

「大丈夫?　疲れてない?」

「あはは。大丈夫です。お優しいですね」

普段の持ち時間は、一人約10秒程度。だが、今日は5秒ぐらい長いとアナウンスがあった。どのみち短いことには変わりない。

桃ちゃんはそう言うけれど、表情には疲れの色が出ていた。見ている俺が気の毒になるぐらい。たった一人でファン200人弱と握手しなければならないのだ。想像しただけで気が滅入《めい》る。

本当は目を合わせたいが、煌《きら》びやかな瞳に吸い込まれて何も言えなくなるから、口元ばかりを見ている自分がダサい。

この時点で時間の半分を消化していた。交わせる言葉は、あと一つか二つ。無難に行けば、感謝の気持ちを伝えて終わりだ。

「君は――」

そう、たったそれだけなのに。

なのに――俺の口から出てきたのは感謝でも、労《ねぎら》いの言葉でもなくて。

「本当は、アイドルやりたいんじゃないの？」

桃色の仮面を付けていた彼女の顔が、少し動揺したのが分かった。本心が僅かに浮き出てきた。でもそれは一瞬で、すぐに視線を整える。流石《さすが》と言うべきか。

これで最後だと思ったからこそ、言い残したくなかった。ただそれだけ。変に良い顔をして彼女の背中を押す理由も無い。

うん、そうだ。だって俺は巻き込まれた側なのだから。これぐらい言ってやらないと気が済まない。

相手の言葉に返さないと、ファンの貴重な時間を奪う事になる。それでも、桃ちゃんは何かを言いたそうに、狼狽《うろた》えた。この行為は握手会をするアイドルにとってタブーとも言える。

「――時間でーす」

剝がしのスタッフがそう言って、俺の両肩を優しく摑《つか》んだ。俺にとっても、彼女にとっても最後の握手。その手が離れていく瞬間だけは、やっぱり切なくて寂しかった。

スタッフに促されるまま、俺は退場した。手を放しても一言ぶつけることぐらいは出来たのに、俺はそれ以上何も言わなかった。言えなかった。

多分、今の彼女にとって一番言われたくない言葉だと、心のどこかで分かっていたから。本当は辞めたくないのに、心が追いつかないことで好きなことが出来ない。

好きなことと、向いていることは違う。

これは人間誰でもそうだ。やりたい仕事と向いている仕事が別物のように、人間それぞれ個性がある。

神様というのは、本当に悪いことをする。彼女にあんな才能を与えておきながら、不向きの性格をくっつけてしまうなんて。

生まれてきたタイミングもあるのかな。

きっと、一昔前の芸能界なら天下を取れていたかもしれない。

あぁ、また嫌いなタラレバを言ってしまった。それだけ、俺は桃花愛未を推していたから。

最後の言葉にしては、寂しいな。「ありがとう」で良かったはずなのに。自分から思い出を傷つけてしまうなんてさ。

会場を出たら、空は橙色《だいだいいろ》に焼けていた。

いっそのこと青空だったら、こんなセンチメンタルにならずに済んだだろう。手に残る彼女の柔らかい手のひらの感触は、夏の空気に消えていく。

この空気に触れていたくないから、一人で飲みにでも行こうかと思った。ただそうしたところで切なさは消えそうもない。大人しく家に帰り、仕事を終えたスーツを脱ぎ捨てた。

夜の7時を過ぎていたから、空腹感もある。近所のスーパーで買った惣菜《そうざい》を口に運んだ。安物の発泡酒を添えて。テレビを付けても、どこかで見たようなグルメ番組かクイズ番組しかやっていない。本当に面白くない。

桃花愛未と握手した手の感触は、もうすっかり俺の手のひらに溶け込んでいる。だから普通に手も洗ったし。石鹸《せっけん》でしっかりと。

（……終わったんだなぁ）

もう彼女を表舞台で見ることもない。そもそも一ファンというだけ。これまでの体験が異常なだけで、繋《つな》がりなんて――。そう思ったのも束《つか》の間《ま》。

発泡酒を喉に流し込みながら、俺はスマートフォンで確認する。あの日のやり取りを。その向こうには、確かに居たのだ。桃花――いや、名前を知らない本当の彼女が。

このまま、SNS上で繋がっているのは得策じゃないはずだ。酒に酔った勢いで、余計なメッセージを送ってしまうだろう。

せっかく知ることが出来たのに。普通に生きていたら、好きなアイドルの裏アカと相互関係だったなんて知れるはずもない。

でも……これで良い。消してスッキリした方が、俺の精神衛生を保つ上で重要だ。

フォロー解除のボタンを押そうとした、まさにその時だった。ぶるりと震えて、手紙マークに①という数字が刻まれる。妙に切ない。

躊躇《ためら》った。右手に持ったスマホは熱を帯び始めた。直感だった。このメッセージは間違いなく、ブルーローズ、桃花愛未からであると。

あぁ。せっかく消そうとしていたのに、それなのに、どうしてこの子は俺なんかに連絡を寄越《よこ》すのだろう。

報道に巻き込んだお詫《わ》びのつもりなら、もう十分に受け取った。だからこれ以上はもう良い。その意味を込めて、俺の方からこの縁を断ち切ることが正解な気がした。

——だけど。

『今日はありがとうございました』

それを出来ないのが、男というモノだ。

もう一度だけ、もう一度だけ。そう言い聞かせて彼女と話したいと思ってしまった。温めた惣菜が冷えてしまおうが、僅かに残った発泡酒がぬるくなろうがどうでも良い。

あぁ、少しだけアルコールが回っているらしい。強いはずなのにな。まぁ疲れているだけだ。

『いえ、こちらこそ。お疲れ様でした』

当たり障りのない返信をして、発泡酒を口に含む。喉を駆け抜けていく感じがいつもより重くて、やっぱり酔いが早く回っている気がした。

既読を示すチェックマークはすぐに付いた。ここで変な駆け引きをするつもりはなかったから、彼女とのトーク画面は開いたままにする。

『どうして、あんなことを言うんですか』

何のこと？　なんて揶揄《からか》うのは良くないか。あの時、彼女の顔が歪《ゆが》んだのは、やっぱり見間違いじゃなかったらしい。

『アイドルやりたいだなんて、そんなこと思っていないのに』

返信を入力する前に、彼女が連投した。文面で見ると、ひどく質素に見えてしまう。怒っていると受け取られてもおかしくないぐらいには、重くて。

でも。思っていないのなら、わざわざ俺に連絡なんて寄越さない。聞き流せば良い。でも、それをしないということは——図星だからだ。確信に満ちた感情が俺の胸に溢《あふ》れた。

すぅ、と息を吸った。

『嘘《うそ》、つかないでください』

『捨てきれないから、連絡してきたんですよね』

彼女のように連投する。既読マークはすぐ付いて、それからすぐ吹き出しが画面に表示される。短くて、あっけない言葉が。

『違う』

『違わない』

そんな必死の否定を簡単に打ち砕いた。

『後悔しているんですか？』

彼女が抱いている感情は、とても一般人には分からないモノであろう。

それでも、少しだけ分かる気がした。今なら、彼女の悩みを受け止められる根拠のない気持ちが胸を覆う。現役アイドルのままだったら、俺はきっと適当なことを言ってやり過ごしていただろうに。

『この気持ちは、後悔と呼べるのでしょうか』

俺の問いかけに応えるように。彼女は、おもむろに言葉を紡ぎ始めた。ゆっくりと、噛《か》み締《し》めるように。自身の気持ちを、分かりやすく、俺に伝えようとしている。頼られている気がして、胸が高鳴った。

発泡酒を飲みながら、返信を考える。ここでキザなことを言うつもりはなかったが、酔いのせいでどうも思考がそっち寄りになってしまう。そんなこんなで、先に吹き出しを現したのは彼女の方であった。

『全て私が蒔《ま》いた種なんです。辞めたいから、あなたを巻き込んでしまって、報道されて。でも、終わったこの瞬間、全然爽快感は無くて。むしろ寂しくて』

自業自得だというのは、本人が一番理解しているようだ。少し安心する。

辞めたいという気持ちは事実として、彼女の胸の中にある。でも、それは100%というわけでもないらしい。

『こんな面倒な性格だから、辞めて良かったんです』

自嘲する彼女は、今どんな顔をしているのだろうか。さっき見せてくれたあの綺麗《きれい》な顔は、歪《ゆが》んでいないだろうか。そうだと良いな、なんて思っても難しい話だ。

桃花愛未は、自分自身にそう言い聞かせているだけだ。言うことが矛盾しているし。本人は気づいているのかどうか分からないけれど。

『そんな訳ないです』

即座に否定する。二度目にもなれば、抵抗感は減っていた。

発泡酒を一、二缶ぐらい呑《の》んだところで酔うことはない。それなのに、今日は違った。疲れと、慣れないこの状況のせいで、雲の上に居るみたいだ。

酔った勢いでとはよく言ったモノで、気が大きくなったから、彼女にお説教でもしてやろうと思った。こうして歳《とし》を取っていくんだと思うと、虚《むな》しくなる。

連投する。君にこのボールを届けたくて。

『あなたは綺麗です。誰よりも。キラキラしてて、アイドルらしいです』

『そんなことはないです!!』

強めの謙遜が返ってきた。けれど今の俺には何も響かない。

『疲れたのなら、少し休んでください。俺たちファンは、待っていますから』

こんなことを言えば、困るのは彼女だと分かっていたのに。酒に酔うと言いたいことを言ってしまう。明日には忘れているだろうから、ここまで来たら全部言ってやろう。

『辞めても良いって言ってくれたじゃないですか』

『嘘だよ』

『お疲れ様って、言ってくれたじゃないですか』

『嘘に決まっているじゃない』

『ひどい人。ずるい人』

あぁ、ふわふわとして気持ちが良い。

ひどい人、なんて言った彼女はどんな表情をしているのだろう。笑ってくれたら嬉《うれ》しいなんて思うのは、ワガママか。

だけど、どのみち。

アイドルであり続けたかったのは間違いない。いろんな要因が重なって精神的に追い詰められたのが原因だろうが、それが無ければ続けていたわけで。つくづくネット社会が憎い。

気にしいな性格は、人前に出る仕事に向いていないのは確かだ。本人もそれを分かっているからこその苦悩。それに手を差し伸べることも出来ない。俺にそんな才能は無いし、やり方も分からない。

『嘘つく人は嫌いです』

『よく言うよ。君も同じじゃないか』

あっかんべーの顔文字が出てきた。不思議だな、さっき会った時よりもどこかイキイキしている。そう、まるで――友達と話しているみたいに。

友達、ねぇ。俺と彼女はそんな関係じゃない。仕事を辞めるために俺を利用しただけに過ぎない。そういう意味では、ある種のビジネスパートナー的存在？　いや無理あるか。

いずれにしても、不思議な縁で結ばれているのには違いない。社会人になってからドルオタになった俺と、アイドル一筋の彼女。あまりにも釣り合わないが。

『俺たちは待っていますからね』

『もうっ。何回も言わないでください』

『何度だって言いますよ』

たとえ、歳を取って戻ってきたとしても。俺は彼女を応援するだろう。辞めても良いなんて嘘つかなければ良かったな。あそこで止めていたら、桃ちゃんのままだったかもしれないのに。

嫌いなタラレバを何度も思ってしまう。

これじゃあまるで、後悔しているのは俺の方じゃないか。いやそうなんだけどさ。

もう会うことも無いかもしれない。話すことすら。だから、これ以上の深入りは不要なのだ。なのに――。

『また、話せるといいですね』

ずるい言い方だった。これは二人きりじゃない。握手会だ。そこで話せるといいねと言っただけ。それに、後悔はしたくない。彼女の行く末を見届けたい。

頭の中にそんな言い訳を並べながら、残り少なくなった発泡酒を飲み干した。

2nd コスモス

9月になった。まだまだ夏の終わりは見えそうにない。彩晴《さいせい》文具の社内は相変わらず冷房を入れて仕事をしている。都会の喧騒《けんそう》のど真ん中。10階建てのビル内にオフィスを構えているが、中小であることには変わりない。

営業を5年、商品企画を3年、そして今は自社そのものを売り込む「販売促進部」2年目だ。この販売促進というのは営業と違い、自社アピールの意味合いが強い。製品の売り込みよりもハードルは低いと思っていた。要は、会社の知名度を上げることが仕事である。消費者というのは、地元の文房具屋で買ったモノについて、深く考えたりはしない。製造会社のことなんて知ろうともしないのだ。

だから、とてつもなく奥が深くて難しい仕事である。好きの反対は無関心とはよく言うが、まさにその通りで興味の無い人間ほど引き込むのは難しい。

それに、やることも多すぎる。外注先と内部の板挟みになることも多く、純粋に時間が足りない。だから残業も増える。早く異動したい。

――それで、週1の会議中なのだが。

　3ヶ月後の展示会に向けて、宣伝方法を提案し合っていた。俺たちの会社だけでなく、関東近辺のメーカー各社が集う年1回のイベント。まぁ恒例と言えば恒例だ。

「ポスターとかどうすか？」

　藤原《ふじわら》という後輩社員がだるそうに言った。入社3年目にしては随分堂々としているが、部署歴でいうと俺よりも上だ。別にどうでもいい。

　販売促進部は俺含めて15人。100人規模の会社にしては少し少ない。営業やら設計やら色んな部署があるせいで少数精鋭状態になっている。巷《ちまた》ではそれをブラックというらしいぞ。

「まぁそれが無難だよな。効果はあるのか知らんが」

　いやそれ一番気にしろよ。ついツッコミそうになったが、ガハハと笑う部長に苦笑いするしかなかった。

　今の時代、やはりSNSだろう。誰かが言うと、周りもそれに賛同した。ポスターと言い出した藤原までもだ。大して考えもしてなかった証拠だろう。3年目にしては適当だな。本当。

「でも、本当に効果ありますかね」

「なんだ新木《あらき》。若者にはついていけないか？」

「まだ32です、部長」

身なりを気にしていたのは営業職だった時だけ。あとは基本的に内勤だから、パソコンと睨《にら》めっこする機会が急増した。おかげで視力も落ちたし、目つきも悪くなった気がする。髪も短くはしているが、前みたくに切ることもなくなった。そのせいで「老けたね」なんて言われることも多い。

「新木さん、ＳＮＳでバズらせるのが一番早いっすよ」

「どうやって？」

「それをみんなで考えるんです！」

それが出来たら苦労せんわ。この脳筋め。

第一、体育大学卒業の藤原が何でここに居るのかが分からない。配属するなら営業だろ。足を使わせろ足を。ウチの上層部は何を考えているんだか。

「だけど、新木君の言うことも一理ある。今の時代、ＳＮＳを使う企業も多いし。そんなヒットすることも無いでしょう」

そう言うのは、２個上の山崎《やまざき》さん。歳のわりにボブヘアがよく似合う。冷静に物事を見ることができる頼りになる先輩だ。この部署での勤務も長い。笑うしか能の無い部長に代わって、俺たちのブレインであった。

「企業色が強くなりすぎると広告と判断されて非表示にされかねない」

「実際、広告じゃないですか」

それを言うな藤原。

「いや、ま、そうなんだけど。要するに、使うなら長期的にやらないと、ウチらみたいな会社は3ヶ月そこらじゃ浸透しない」

気軽に出来るが故《ゆえ》に、下手に手を出すと大失敗してしまう。それがSNSという存在だ。個人でやる分には良いが、会社の看板を背負っているのなら、慎重に考えないといけない。

「となると、やっぱりポスターかしら」

「でも去年もそうだったな」

「中身を変えれば良いんですよ」

そう。結局ここに戻ってきてしまう。

会社の土壌的に、時代の最先端を追ってきたわけじゃない。デジタル・トランスフォーメーション、いわゆるDXが叫ばれている中で、今もこうして出社して、集まって会議をするような会社なのだ。SNSがどうとか分かるはずもない。

「中身を変えるって言ってもなぁ」

部長が言葉を漏《も》らしたが、それはここに居る全員の意見である。

ポスターを作るなら、広告代理店に依頼することになるだろう。そこで希望を伝えて先方にデザインをしてもらうのだが、その希望が無いと抽象的になりすぎる。プロに任せるのが一番であるのは分かっているが、最低限のアイデアは必要だろう。

「――有名人を起用するとか」

山崎さんが言う。目を引くのは確かだ。だが、問題はある。

「予算があるのを忘れるなよ。有名人なんて呼べばここに居る全員の給料が無くなる」

「部長が肩代わりすればいいじゃないですか」

「それで賄《まかな》えるといいけどな」

切なくなるから、そんなことを言わないで欲しい。会社と社員に挟まれた立場は大変だと思う。だからと言って笑ってばかり居るのもどうかと思います。はい。

予算という存在は、どこの企業にも共通する。宣伝のためなら好き勝手出来るというわけでもない。お金をかけた分だけ、それに見合った利益を出さなければ会社は成り立たない。

投資の額に対して、利益を高く出すのが一番良い。費用対効果、いわゆるコストパフォーマンスが良い手段を模索する会議でもあった。

その点でいくと、有名人のポスター起用はリスクがある。まずはギャラ。そして広告代理店への依頼、印刷費用、撮影代なども含めると、結構な投資になる。

そもそも、誰もが知る有名人がウチらみたいな中小企業のポスターを飾ってくれる画《え》が浮かばない。よくて、その辺の小さな事務所に所属しているモデルだろう。

安いギャラでポスターのメインを飾ってくれる有名人なんて探しても――。

「どうした新木。固まって」

「あ、あぁいえ……」

居ないこともない。彼女が今何をしているのかは知らないが、フリーランスであるなら、もしかして。安く引き受けてくれるのではないか。

いやでもなぁ……。変なレッテルを貼られた人間を起用するのもそれこそリスクがある。しかもその相手が俺なわけだし。いくら事務所側が否定したとしても、報道の事実を蒸し返すことにもなるだろう。そうなれば、身バレの可能性だってあり得る。

「良い案でもあるの？」

山崎さんはひどく察しが良い。俺が言いづらいと思ったらしく、そんな時はいつも助け舟を出してくれる。だけど、今だけは良い迷惑だった。

ここで「無い」と言えば話は振り出しに戻る。行っては帰ってきての繰り返しで、永遠にゴール出来ないスゴロクをしているみたいだ。人はこうして思考を止めるのだ。虚《むな》しいことに、大事な時に限って。

「まぁ……無いこともないですけど」

見切り発車とはこのことだ。良い案でも何でもない。ただの思いつき。それをさぞ思いついたかのように言ってみただけであったが、思いのほか同僚の食いつきがよかった。

☆★☆★

『部長、実は――』

社会人になって最初に学んだ「報連相」をこんな形で発揮しなきゃいけないなんて。どうせ通らないだろうと思っていただけに衝撃だ。

会議が終わった後、部長だけには報道のことを伝えた。そして、その写真に写っていたのが自分であることも。すると彼は、その日一番笑って見せた。

『めちゃくちゃ面白いな。今年一番笑った』

笑い事ではないと思ったが、説教されるよりは100倍良い。本当に熱愛があったわけじゃないし、事務所側も否定しているのだ。一応、事態は落ち着いている事を伝えた。彼もそれは理解したようで『気にしないでいいんじゃない？』と言ってくれた。

「にしても、本当にアポ取れたんすね」

「俺の連絡網を舐《な》めるなよ？　藤原」

結論から言うと、桃花愛未《ももはなまなみ》を起用する方針で纏《まと》まった。販売促進部で稟議書《りんぎしょ》を作成して、各部署の承認を得た後、取締役会で起用が認められた。

無論、これはあくまでも社内だけの話。「起用しても良いですよ」と公認されただけだ。

肝心の本人との交渉は、立案者である俺と、付き添いの藤原に託された。

普通に考えて、炎上商法だと誤解されると思った。だから本気にしていなかったんだが。

役員の親父《おやじ》たちがメロメロらしい。そんなんで良いのかよこの会社。

「――にしてもよく通りましたね。あの稟議書」

「作った本人の前で言うか？」

良い加減な稟議書なら、真面目な内容でも普通にケチが付く。だからそれなりに力を入れなきゃいけないんだが、今回は中々にしんどかった。

熱愛疑惑が直接的な原因じゃないにしても、グループ脱退の経緯は人によってはマイナス印象がある。それを減点と受け取られない理由を探すのに困ったのだ。

ただ、俺は彼女がウチのユーザーであることを知っていた。二度もその場面に遭遇していれば、十分に稟議書へ盛り込めた。信頼性の担保も重要だった。彼女のブログ等で写真に文具が写り込んだこと、俺が偶然彼女の買い物に遭遇した事実も添えて。製品を大切に扱ってくれていると知った彼らは、案の定上機嫌だったという。

――で、とある喫茶店に俺たちは居た。

どうやって彼女を呼び出したかというと。あの日居合わせた仲埜《なかの》さんにダメ元で当たってみたのだ。桃ちゃんの裏アカであるブルーローズにメッセージを送ることも考えた。むしろそうするのが一番早いと思ったが、ビジネスの世界、どこでそのつながりが生きてくるか分からない。それに、仲埜さんと彼女は純粋に仲が良い。ナカノ書房で一度見ただけとはいえ、桃ちゃんにとって仲埜さんは味方のはずだ。今の彼女には背中を押してくれる人が多いに越したことはない。

俺の予感は的中。仲埜さんが丁寧《ていねい》に説明してくれたようでスムーズに事が進んだ。

「でも本当に来るんですかね」

「待つのが嫌なら帰っていいぞ」

「新木さーんー。そんなこと言わないでくださいよぉー」

それより、なんでよりによってコイツなんだよ。体育会系とは思えない生ぬるい声が腹立つ。頼んだばかりのホットコーヒーも一瞬で冷めてしまいそうなほど。

部長いわく「良い経験になるから」とのことだったが、別の機会にして欲しい。ここは山崎さんのような頼れる先輩に同行して欲しかった。

「そもそも、新木さんはファンなんですよね？　公私混同じゃないんですか？」

「仕事なんて私《し》のためだから良いんだよ」

「随分乱暴な考え方っすね……」

「引くな。悲しくなる」

いつも使う喫茶店であったが、待ち合わせには良い場所だ。幸い、俺たち以外に客は居ないし。モダンな雰囲気が純喫茶を思わせる。実際そうなのかは考えたこともない。

コーヒーの苦味が口に広がっていく。タバコを吸いたくなる感情をグッと堪《こら》える。イマドキ珍しい全席喫煙可能という神のような世界。タバコを吸っているタイミングで彼女が入ってきたら最悪だ。印象も悪い。

二人並んで待っているもんだから、まるで合コンでもするように見える。恥ずかしいから早く来て欲しいのが本音だ。約束の時間まであと5分を切った時、店のドアが開いた。

一人の女性。確信した。

「こちらです！」

手を挙げて促す。藤原が少し驚いていたが、彼女は俺の言葉に従うようにやって来た。

俺たちの席の前に立って、それこそ困惑の顔をしている。

黒のバケットハットに眼鏡を掛けているが、確かに桃ちゃんだ。久々に会えた喜びで頭がクラクラする。社会人の皮を被《かぶ》るが、全身を覆い切れていない気がした。

「お忙しい中、本当にありがとうございます。彩晴文具・販売促進部の新木と申します。こちらは同僚の藤原です」

「よろしくお願いいたします」

二人で名刺を彼女に手渡す。藤原が砕けすぎた態度にならないか心配していたが、どうやら顧客へのマナーは身につけているらしい。一安心だ。

立ち話も何だから、と座るよう促す。彼女が椅子に腰掛けるのを見て俺たちも腰を落とした。マスターにコーヒーを1杯お願いして、一つ咳払《せきばら》いをする。

「今日は来てくださりありがとうございます」

「いえ……」

仲埜さんを通して、簡単に用件を伝えただけだ。

俺だけじゃなく、もう一人社員が居たことに困惑しているようだった。

「良い天気で良かったです。雨の中来ていただくのは大変でしょうから」

藤原、導入としては良い線だ。やはりお前は営業に行くべきだ。早く俺たちの部署から消えてくれ。これは出て行けというわけじゃない。背中を押しているだけだ。

「……雨は好きなんです。ちゃぷちゃぷと鳴る足音が心地良くて」

「趣《おもむき》があって良いですよね」

いや、俺は藤原が趣という言葉を知っていた事実に驚いている。

だがまぁ、それはおいておいて。藤原を連れてきて良かったと初めて思った。部長の言う「良い経験」にはなったのではなかろうか。

「——桃花さん。本題なんですが」

幸い、俺たち以外に客は居ない。マスターとは顔馴染《かおなじ》みだし、誰かに漏らすようなことはしないと約束してくれた。ありがたい。

「弊社では、3ヶ月後の展示会に向けてポスター制作を計画しております」

「……はい」

「そこで、あなたにモデルをお願いしたいのです」

現在の彼女は、どこにも所属していないフリーランス。言い換えれば無職である。脱退してからの経緯は聞いていないが、事務所等を介さず済むのは俺たちからすれば都合が良い。

それは予算的な意味でもそうだが、何より本人の意志で決まること。裏方に操られることなく、やりたいかやりたくないかを判断基準にしてもらえる。これはファンであった俺個人の願いでもあった。

「あの……どうして私なんでしょうか」

相変わらず、警戒しているようだ。

それもそうか。アイドルを辞める日にそれを否定した男が言うんだから。これを復帰のきっかけにして欲しいとは思わないが、彼女の美貌を生かさない勿体《もったい》なさは事実としてある。

「お綺麗《きれい》だから、という理由では駄目ですか」

「そ、そんなことないですケド……」

目を伏せて恥ずかしがる彼女。可愛《かわい》い。めちゃめちゃ可愛い。そういうとこが男どもの心をくすぐるんだよな。なぁ藤原。

だ。

「可愛いっすね」

「だろ」

彼女に聞こえないようにボソッと呟《つぶや》く。初めて意見が一致した気がした。だが、若者ウケは間違いない。役員の親父たちもイチコロと聞いたから、ある意味これで怖いものなしだ。

「――でも、私を起用すれば迷惑が」

大丈夫。その点もしっかりと稟議書の中に盛り込んだ。

「問題ありません。報道の件は新木から聞きました。グループ脱退の経緯は、弊社のイメージに影響ないと」

「どうして、ですか」

「報道そのものが、事実無根だからです」

ここに来て、元所属事務所のリリースが役に立った。報道した週刊誌もあれ以上のことは深掘りしていないのも大きい。だがまぁ、ドルオタ以外の民衆はそんなに興味があるわけでもないだろう。

ならば何故《なぜ》、彼女のことを叩《たた》くのかと言われれば、単純に流れに乗ってるだけ。馬鹿な生き物だ。本当に。

「で、でも……」

「桃花さん。アンチは何をしても騒ぎます。ですが、我々はあなたの魅力を黙って捨て置くほど人間出来ていないのです」

　こんなことを稟議書には書けなかったが、俺の本心であることには変わりない。それは隣にいる藤原もそうみたいだ。うんうんと頷《うなず》いている。

「弊社は俗に言う中小企業です。大企業のような知名度も無ければ力もありません」

「……」

「ですから、桃花さんの力を借りたいのです。あなたには、人の目を惹《ひ》きつける魅力がある」

　藤原はこれを公私混同と言うだろうが、それでも良い。事実、目を留めてもらわなければ意味がない。展示会のブースに足を運んでもらうことこそ、俺たちに課せられた使命。その先は営業の仕事だ。

「もちろん人目に付くことで、色々と言われる可能性はあります。誹謗《ひぼう》中傷される可能性だって、ゼロではありません」

「……はい」

　追い討ちをかけるような藤原の説明に、力無く頷く彼女。おそらく、一番気にしているところだ。それさえなければ、今も俺の手の届かないところに居ただろう。

「ですが、弊社に出来ることはやるつもりです。当社としても、知名度のある方を招いた販促活動は初めてですが、誹謗中傷には毅然《きぜん》とした対応を取らせていただきます」

しかるべき対応をするのは当然だ。公式ホームページにもそのような文言を掲載するし、近年のネット中傷問題はひどい。ユーザー側も多少はわきまえるようになっているといいけど。

だが、うちの上層部にここまで言わせるのだ。彼女が持つ魅力は凄《すさ》まじい。アイドルを辞めてしまったのが本当に惜しいぐらいに。

でも、密《ひそ》かに嬉《うれ》しかった。稟議書を上程した時の役員の顔。中小の意地を見せてやろうと躍起になっていた。この会社で働いていて良かったと思ったよ。

「それに、弊社の商品を丁寧に扱ってくれていると新木から聞きました」

「それは……もちろんそうです」

藤原の追撃に彼女は少し驚いていた。あの日、二人きりで会った時のことを思い出しているのだろうか。そんなところまで俺が見ているとは思わなかっただろうか。

いずれにしても、そうやって悩む表情もすごく綺麗だと思った。

「――少しだけ、考えさせてください」

別に今すぐ結論を出して欲しいわけじゃない。俺たちもそのつもりで来た。「構いませんよ」と告げると、彼女はウチのメモ帳をちぎってつらつらと数字を羅列する。

「私の携帯番号です。またご連絡します」

「分かりました」

言いながら受け取る。めどは1週間と告げると、桃ちゃんは小さく頷いた。喫茶店を出て行く様子を眺めながら、ため息を吐《つ》いて椅子にもたれた。

「よかったっすね」

「なにがだよ」

手ごたえとしては半々だ。けれど藤原はお気楽にもそんなことを言ってくる。まだまだだな、なんて思っていた俺に彼は続けた。

「電話番号ゲットしたじゃないですか」

瞬間、心臓が止まったかと思った。全身が硬直して、固まっていた間の空気を取り戻すがごとく「ぶはぁ」と息を吐《は》いた。

そうだ。これは桃ちゃんの、俺がずっと推していた彼女の電話番号、彼女の個人情報である。血液が沸騰していく感覚を覚えながら、愛想笑いにもならないニヤケ顔を後輩に見られてしまう。

「新木さんって分かりやすいですよね」

「うるせ。コーヒー代奢《おご》らないぞ」

藤原は「またまたぁ」と笑っている。脅しにもならなかったようだが、俺の煩悩を誤魔《ごま》化《か》すのには、丁度いい冗談であった。

☆★☆★

1週間が経《た》とうとしている。今日は返答の日。早ければ早いに越したことはないが、気長に待てばいい――というわけにはいかないのが現実だ。

午前中には連絡が無いまま昼休みを迎えた。一応催促しようかと考えていた時、会社の携帯が鳴った。気が引けて登録していない番号が画面に表示される。そのままタバコ休憩するつもりだったから、喫煙室に入って通話ボタンを押した。

「もしもし、新木ですが」

『お疲れ様ですっ』

つい仕事のトーンで話す。けれど、なぜか桃花愛未はクスクス笑っている。

「あ、ありがとうございます……？」

なんだろう。よく分からない恥ずかしさがあった。先週バリバリの仕事モードで会っているというのに。二人きりというのがそうさせているのだろうか。

『今、一人ですか？』

「ええ。会社の喫煙室です」

『そうですかぁ』

それはそうと、早速本題に入りたいんだが――先に口を開いたのは彼女だった。

『普段はあんな雰囲気なんですね』

「まぁ……30越えたおっさんです」

『すごく素敵だと思いますよぉ』

ドキッとした。心臓を針で刺された感じだ。握手会の時に言われたのとは、次元が違う。

言わせたわけじゃないから。

俺に気がある、わけではない。それは確実に言える。きっと握手会の癖が抜けないのだ。

変な期待をするのはやめておこう。咳払《せきばら》いをして誤魔化した。

「――それで、ポスターの件。決まりましたか？」

問いかけると、彼女は何故かムスッとした。

『お仕事モードですかぁ？』

砂糖を直接口に入れたような甘い声だった。何を言っているのかよく分からんが。仕事
に決まっているだろう。

「いや仕事ですから……」

『お昼休みじゃないのぉ？』

――嫌な予感がした。なんとなく。

タバコに火を付けようとしていた手を止めて、耳をすましてみる。

……うん。呑《の》んでいるなコイツ。ぷはーっ、なんてＣＭみたいなリアクションすら聞こえる。隠す気もないのか。

「桃ちゃん。あなた――」

『へーきですぅ……なんでもないですぅ……』

俺が指摘する前に、彼女は否定する。伝わるようにため息を吐く。前にブログでも書いていた気がするな。酒が弱いのに飲むのは好きって。本当１回ぐらいしか言ってなかったから記憶から消えていたよ。

いやでも昼から呑むかね。仕事の返答をほったらかして泥酔するかね普通。社会人なら取引中止になってもおかしくない態度だぞ。

「……なんで呑んでいるんです？」

『んー……呑みたかったの』

「先に電話してからでいいでしょ？　分かる？」

『わかんなーい』

駄目だ。話にならん。今日が約束の期日だということすら分かっていない。だが電話してきたということは、分かっているのか？　頭がおかしくなりそうだ。

とにかく、盛大なため息を吐くしかなかった。今の彼女に正常な判断を求めるのは無理がある。酔った勢いで「やる」「やらない」を言われても、困るのは俺たちなのだ。

「酔いを覚ましてから連絡ください」

『切っちゃうの？』

「切ります」

『えへへ。意気地なし』

「なんでですか……」

　俺としても、彼女は重要な取引先である。仕事モードで電話したら酔っ払いが出てきやがった。その時点で切ってしまいたいぐらいだったのに、ここまで相手をしていることを褒めて欲しい。

　だけど……うん。正直に言うのなら、酔っている彼女はめちゃめちゃ可愛《かわい》い。可愛い。可愛さの権化。俺だけに見せてくれる顔、って気がして何故《なぜ》かテンションが上がる。

　ここでようやく、タバコに火を付けた。向こうが酒を飲んでいるのだ。これぐらいは良いだろうと開き直る。昼休みの喫煙室なのに、誰も入ってこないのが都合良かった。

「答えは決まりましたか？」

　呆《あき》れつつ再度問いかけてみるが、ヘラヘラしてばかりで話が進まない。

『……分かんないの』

「はぁ……何がですか」

『あなたの心が。お酒飲んでも分かんない』

酔うと可愛いが、面倒なタイプらしい。

心が分かんないと言われても、そりゃそうだろう。俺だって平日の昼間から酒に溺れる君の心が分からない。

タバコの煙を吐くと、しゃっくりをする彼女の声が聞こえる。弱いのに飲み過ぎだ、と言うのは余計なお世話な気がした。

『ねぇ。どうして私なの？』

「何がさ？」

『他に可愛い子はいっぱい居るよ』

まるで駄々《だだ》をこねる子どものようだ。

悩んでいるように見えて、そうではない。心の中では答えが決まっている。なのに、それを俺に言わせせようとする。ずるい女であるが、何故だかひどく愛《いと》おしくすら思えた。

「居るかもしれませんね」

『む』

「冗談です。居ませんよ」

揶揄《からか》ってみると、分かりやすい反応をした。可笑《おか》しかった。ついクスクスと笑い返してしまう。

彼女がダメだったら、そもそもこの案は頓挫する。だから、彼女以外の有名人を起用することもないのだ。そう考えると、俺の言葉には嘘《うそ》はないわけで。

吐いては消えていく、タバコの煙が虚《むな》しく見える。

「新木さんの企《たくら》みは分かってるのっ！　もう傷つきたくないのに」

それは本音であろう。彼女に限らず、傷つくのが怖くない人間は居ない。ベクトルは違えど、その気持ちはよく分かる。怒られるだけで胸が痛むのだ。言葉の刃《やいば》は、人を殺すことが出来る。

でもその言葉は、彼女の心を映し出していた。丸裸の、彼女の心を。

「やってみたいんですよね」

『――――』

俺がそう言うと、彼女は言葉を探しているように思えた。必死になって、否定する言葉を酔った頭で考えている。

「自分に嘘をつくのは、辛《つら》いですよ」

『う、嘘はついてないもん』

「ふっ。そうですか」

『あーっ！　いまバカにしたー！』

「ははっ。してないですよ」

酔うと幼児退行する彼女はおいておいて、やはり可愛いのには変わらない。怒らなきゃいけないのに、つい口元が緩んでしまう。今の俺はひどく気持ち悪い顔をしている気がした。鏡が無くて良かった。

タバコを押しつける。昼休みはまだ長い。このまま出ても良い。だけど、二人きりの会話を邪魔されたくない気持ちも僅かながらにあった。

「酔ってるあなたに決断は求めません」

『……怖いって言ったら笑う？』

「笑いません」

『どうして？』

「簡単ですよ」

心に傷を負ったことで、きっとトラウマになっているのだろう。それを取り除くことは出来ないけれど、背中を押すことは出来る。いや、俺はそうすることしか出来ない。

アルコールのせいで泣き出しそうになっている彼女のことを、俺はずっと見てきた。応援してきた。

「あなたのファンだからです」

だから、笑うわけがない。ファン対応が良い彼女が、アイドルを辞める決断をしたのにも相当な勇気がいったと思う。自身に汚名を着せてまで。

またその舞台に引き戻してしまう。それは承知の上だ。ただ一つ言えるのは、彼女はきっと悔いが残っている。このまま一般社会に溶け込んでしまうと、きっと。良くないことが起こりそうな気がした。

『——ばか。新木さんのばか』

「随分な言い様ですね」

『傷つくのは怖い。でも——』

彼女はそう言ったけど、明日朝イチで連絡し直すと告げた。酔っている人に正常な判断は出来ないから。

翌日、電話をかけると凄《すご》い勢いで謝られた。何を言ったのかすら覚えていないというが、どこか頭はスッキリしたと笑っていた。

紆余曲折《うよきよくせつ》あったが、桃花愛未のポスター起用が決まった。とんでもない嵐を巻き起こす、そういう予感は、割と当たるモノだ。

☆　★　☆　★

文房具メーカーだから、それっぽくしようなんて考えを持ちがちだ。構図を決める上で何が大事かと言うと、何よりもテーマである。

会社として伝えたいことは何か。その根本を何よりも理解しなくてはならない。とは言うが、これが中々に難しい。

無論、制作そのものは広告代理店へ依頼している。その話し合いの場でも、イマイチまとめ切れなかったのが本音である。

10月も目前になって、雲一つない秋晴れが広がっている。だが、太陽は俺たちを苦しめる。まだまだ暑い。秋と言われても到底信じられないぐらいだ。人が暑いと言えば「夏」なのだから仕方がないと割り切る。

撮影日にはもってこい、と言えばその通りだ。晴天は美しい彼女に良く似合う。

撮影は広告代理店が依頼したカメラマンがするらしいが、業界では中々に有名な人らしい。よくそんな人を使えるなと思った。委託金はめちゃくちゃ渋ったのに。

委託金というと、今回彼女には当然出演料が支払われる。多分サクラロマンス時代であれば結構な額を積まなければならなかったであろう。

ところが、彼女は「いらない」と言ってきた。今回は迷惑をかけたお詫《わ》びもあるから、なんて言われたから、普通に言い返した。「そんなのは、ありがた迷惑だから」と。

ノーギャラ出演が明るみになれば、それこそ俺たちが叩《たた》かれてもおかしくない。これは契約だから、と大人の言葉を並べて何とか納得してくれた。

思い返せば、こういうポスター撮影に同席させてもらうなんて初めてだな。スタッフたちが慌ただしく動き回っている。太陽と睨《にら》めっこしている反射板や、彼女を彩るヘアメイク達。まるでドラマ撮影のようで、少し面白い。

都内郊外にあるこの公園。コスモスが見頃を迎えていて、ロケハンした時もスタッフ等《ら》の評価は上々。今がピークと言ってもおかしくないぐらいに満開である。

うん。コスモス畑の中に居る桃花愛未を想像するだけで、絵になるのは明らかだった。

だが「桃花愛未」という名前は使えない。

俺も完全に失念していたが、その芸名は前の事務所が考案したモノ。だから使用するには許可が必要なのだが……わざわざ辞めた場所に聞くのも変な話である。退職した会社にまた電話しろと言われるぐらいには嫌だな。

じゃあ違う芸名でも考えようと言った俺に、彼女は笑いながら言った。

「ヤマモトさん入りまーす！」

彼女は本名を選んだ。

山元美依奈《やまもとみいな》。それが桃花愛未の本当の顔。桃の仮面を外した、素直で綺麗《きれい》な顔。

やめたほうが良い、真っ先に否定した。隣に居た藤原も、話を聞いていた広告代理店の人間も、得策ではないと追撃した。

なのに、彼女は言うことを聞かなかった。どうしてか理由を聞くと——。

『もう、後悔したくないんです』

桃色の仮面を脱ぎ捨てて、素の自分で挑戦したい。その気持ちは分からないでもない。

一度後悔した人間が考えそうなことである。

思考の海に溺れていた俺の前に、山元さんが姿を見せた。よろしくお願いします、と頭を各方面に下げている。泥酔していたあの人とは思えないな。

でも――。

「…………」

言葉を失うというのは、こういうことか。

生まれて初めて、俺は人に見惚《みと》れてしまった。あの頃は目を合わせるのが怖かったのに、今はジッと山元美依奈の瞳を見つめられる。

見惚れて、見惚れて、胸が高鳴って――。秋の風に吹かれる煌《きら》びやかな黒髪も、白色のワンピースも、薄化粧も、その全てが美しくて、周りの音が何も聞こえない。

「それじゃあ、撮影始めましょう」

「よろしくお願いします！」

コスモス畑の中に立つ彼女を遠目で見る。

何というか、改めて痛感することになった。あの子は俺なんかとは生きている場所が違う。結果的に、これが背中を押すことになったのだろう。でもそれを素直に喜べない自分が居た。

それもそうか。憧れのアイドルと知り合いになれたのだから。こんな偶然というか、奇跡はもう起こらないだろうに。少し寂しい。

「綺麗な子ですよね」

「え、そ、そうですね」

「ふふっ。いきなりごめんなさいね」

彼女に見惚れていると、話しかけてきた一人の女性。金髪のショートカットが良く似合うスラリとした人だった。

「あなたなんですよね。あの子を起用しようと提案したのは」

「ええ、まぁ」

直感だが、この人も芸能関係の人なのだろうと感じた。都会に住んでいると、こういう撮影に遭遇することも多い。そのせいか、野次馬《やじうま》は全然居なかった。

それなのに、この人はわざわざ俺と並んで見ている。もしかしてスカウトとか——。

「私、あの子のスタイリングを担当したの」

「あぁスタイリストさんですか……」

全然違った。恥ずかしい。

って、それもそうだな。起用の件も知っていたし、関係者と考えるのが妥当だ。俺、浮き足立っているなぁ。握手会の時みたいだ。

「あの子、お化粧も全然してないのに。そんな元アイドルがいるなんてね」

「僕は世界で一番可愛《かわい》いと思ってます」

ふふっと笑われた。

「それ、恋人に言うセリフよ。そういう関係？」

「ま、まさか。そんなんじゃなくて……」

「年の割にはウブなのね、あなた」

ひどく揶揄《からか》われている気がしたが、何も言わないことにしよう。何となく、喧嘩《けんか》を売ると後悔しそうな気がした。

視線を山元さんに戻す。色々なポージング、と言っても、すごく自然な彼女に見える。アイドルというか、彼女そのものを見ている感じがする。

「──あの子には不思議な魅力があるわ」

「そうでしょう。僕の推《い》しですから」

「あ、そういうことね。なるほど」

平日真《ま》っ只中《ただなか》に、ただ撮影を見学するのも社員に申し訳ない気もするが……目を離せない。

今回の件で、俺が桃ちゃん推しだったこともバレちゃったし、報道のことも耳に入っているかもしれない。だから尚更《なおさら》申し訳ない。

「アイドルとして、どう見えます？」

「随分と抽象的な質問」

「いえ……スタイリストさんの意見を聞けるなんて、そうは無いんで」

「確かにそうかもね」

彼女が抜けたサクラロマンスは、今や飛ぶ鳥を落とす勢いでメディア露出をしている。

ネットでの評価を見ると「桃花愛未が抜けたから」と書き込むバカも少なからず居る。

そんなわけないだろうとレスしたくなるが、俺はいつもグッと堪《こら》えて飲み込む。

ネット上での言い合いなんて、何も生まない。残るのは活字の残骸と虚《むな》しさだけ。それを楽しんでいるような人間は、人間じゃない。何も考えていない機械と同じだ。

SNSで他人をディスるのは、現実的弱者に違いない。日頃のストレスを他人に向けるのは絶対にあってはならない。

要は、桃ちゃんが抜けたことで人気になったのかどうかが知りたい。あんなに可愛くて綺麗な子が居なくなったのに、人気が上がるなんて考えたくなかったのだ。

「ファンの声と演じ手の意見は違う。それがこの業界なんです」

「――それは」

「印象操作なんてザラよ。メディア露出は立派な戦略。それを上手《うま》くやっているのが、サクラロマンスといったところかしら」

……ちょっと待て。

その話を鵜呑《うの》みにするのなら、決して聞き逃せない。意を決して問いかけてみる。

「――桃ちゃんを踏み台にしたんですか」

「ざっくり言うとそうでしょうね。ネット、見てる？」

「一応。でも、彼女からは『事務所は古いから疎い』と」

すると彼女は「まさか」と苦く笑う。

「イマドキの芸能事務所は、ネットに疎かったらやっていけない。戦略の一つを消してるようなものだから」

「……そんな」

「あなたが思っているほど、綺麗な世界じゃない。この仕事をしていると、よく分かる」

冷静に考えるとその通りだ。時代の最先端を追わないとすぐに置いていかれる。そんな業界。でもそれは――月の光のように美しいモノではない。

一般社会とは構造がまるっきり違う。常識から何から、生きる世界そのものが別物なのだ。だからあの世界に求める俺の常識は、向こうからすれば常識ではない。いわば、綺麗事である。

思考がまとまらないうちに、スタイリストはどこかへ行ってしまった。

俺はもっと愚痴りたかったのに。彼女しか知らない情報をくれるかもしれなかったのに。

コスモス畑の彼女は、この事実を知っているのだろうか。いや、知ったところで何になる。そもそも、まだ事実と決まったわけじゃない。そうだ。いくらなんでも早とちりすぎる。

それでも、コスモスに負けない美しさを彼女は持っている。ワンピースが風に吹かれる度に見惚れていた。白色から赤色、水色だったり、色んな衣装に着替えながら。結局、撮影は夕方まで続いた。

その間、俺はただ彼女を見守るだけ。これで給料が発生するのは気まずいが、会社も認めてくれているんだ。強気に行こう強気に。

しばらく喫煙出来てなかったから、公園内の喫煙所で一服し、撤収作業中のスタッフ達に挨拶する。流石《さすが》に疲労の色が見える。あの金髪のスタイリストの姿はなかった。もう帰ってしまったのだろうか。まぁいいけど。

あとは帰社するだけだ。直帰したいのが本音だが、流石に気が引ける。報告と、飲みにでも誰かを誘ってみるか。撮影も無事に終わったし。

「新木さん」

声を掛けられた。ドキッとした。

振り返ると、ワンピースからジーンズと長袖シャツに着替えたあの子が居た。

「お、お疲れ様でした」

「どうしたんですか？　狼狽《うろた》えて」

「狼狽えてはないですけど……」

「何か良からぬことを考えていましたね」

それは無いと否定すると、疑わしい視線を送ってきた。どうやら気になるらしい。

と言っても、何も言うことはない。完全に言いがかりである。でもそうしたところで、彼女は納得しないのも何となくイメージ出来た。

「本当に綺麗でした。見惚れていました」

そう言うと、少し目を見開いた。俺の首元ぐらいまでしかない彼女。分かりやすく視線を逸《そ》らした。

「ありがとう……ございます」

言わせといて、その反応はずるいな。顔が赤く染まっているように見えるのは、きっと夕焼けのせいだろう。地味目な私服でも、山元美依奈が持つ個性は消えそうにない。

「少し話しませんか。コーヒー、ご馳走《ちそう》しますよ。缶のやつですけど」

ふと自販機とベンチが目に入ったから、無意識に言葉が出てしまった。言った後にナンパっぽくなったことに気づいたが、貫き通すことにした。

彼女は笑った。「ナンパみたい」と俺が考えていたことを言った。丁重に否定して、自販機で缶コーヒーを2本買った。微糖とブラック。好きな方を受け取ってと言うと、ブラックを手に取った。少し意外だった。

「今日はどうでしたか」

　ざっくりとした質問になった。営業トークだと思えば何とでも言えそうだったのに、こうやって二人きりで公園のベンチに座ると緊張してしまう。

「すごく、楽しかったです」

「それは良かった」

　缶コーヒーを両手でキュッと持ちながら、そう言う彼女。きっと本心なのだろう。ここで嘘《うそ》をつく理由はない。こうして表舞台に立とうとしているのだから。

　幸い、俺たちのことを怪しむような視線も無い。彼女はフリーである故《ゆえ》に、送迎なんてのは無い。マネジャーも存在しない。だから今回に関しては、俺が送迎を担当することになった。

　送迎と言っても、タクシー拾って自宅まで帰すだけだけど。無論、同乗はしない。

　後片付けの手伝いをしたい気持ちはあるが、遠慮されたからやりづらい。だからこうして、彼女のメンタルケアでもやっている風を装うのが一番かもしれないな。

「……一人で撮影したのは、初めてなんです」

　山元さんが、おもむろに言葉を漏《も》らした。

「そうだった？」

「はい。基本的にメンバーの誰かと一緒で」

全然意識してなかったが、言われてみるとそうだったかもしれない。桃花愛未ソロ写真集とかも無かったし、雑誌のグラビアでも常にメンバーが隣に居た。

スタイルについては、好みが分かれるから何も言わない。一つ言えるのは、決してグラマラスではないということ。別に気にしない。

「どうでした？　一人で撮影した気分は」

彼女は恥ずかしそうに笑った。

「絵の中の主人公になったみたいでした」

「実際そうでしたよ。キラキラしていて、本当に綺麗《きれい》でした」

微糖の缶コーヒーって、こんなに甘かったっけ。普段ブラックしか飲まないから分かんなかったけど、全然微糖ではない。激甘だ。胸焼けしてしまう。

撮影していた彼女はまさに、清涼剤のように爽やかで、秋の始まりを遅らせるような輝きがあった。この時間になると、少しだけ肌寒い。念のためにスーツのジャケットを持ってきて良かった。

「弊社史上、一番綺麗なポスターになります」

「ふふっ。言い過ぎです」

「本当ですよ」

ポスターの中身については、また広告代理店との打ち合わせになる。その時に撮影してもらった写真も見せてもらうが、密《ひそ》かにこれが一番楽しみだったりする。完全に公私混同だな。別にいいけど。

10月下旬には印刷して、取引先等に配《くば》る予定だ。展示会までのアピール期間は約1ヶ月になる。その間に見た人の心をくすぐることが出来ればいいが。

夕焼けが、もう少しで沈んでしまう。

ちらりと横目で彼女を見る。相変わらず綺麗な黒髪。甘い匂いが風に乗ってやって来る。ドキリと胸が痛んだ。

「どうかしました？」

「あ、あぁいや！」

まさか問いかけられると思わなかったから、咄嗟《とっさ》に否定した。チラ見していたのがバレたようだったが、彼女はそれ以上何も言わなかった。

不思議な時間が流れている気がした。こんなにふわふわとした感触はいつ以来だろう。握手会じゃない。それよりもずっと前に体験した、あの青春の味に似ている。

「……学生時代を思い出して」

「今もお若いのに」

「30越えたおっさんですよ」

人間、こうやって歳《とし》を取っていくのだろう。自分で言っておきながら、少し虚しくなった。ごほん、と咳払《せきばら》いをして喉に詰まった虚無感を胸に返す。

「どんな恋をしてきたんですか？」

「興味あります？」

「うーん。あまり」

「なんだそりゃ」

ならば聞くなと言いたくなる。苦笑いすると、彼女は手を口元に当てて笑った。

「すごく物思いに耽《ふけ》っていたので」

「年は取りたくないですね」

「ええ。全くです」

同窓会でもやっている気分だ。彼女に関してはそんな年でもないし、俺より年下だし。それでも、きっと濃い人生を送ってきたであろう。人前に立ち、あることないことを言われながら、俺たちに夢を与えてきた。そんな人生は、幸せなのだろうか。よく分からない。

「桃花愛未が居なくなって、幸せですか」

夕焼け色に染まった風が吹きつけた時、そんなことを言われた。あんなに暑かったのに、こんな時に秋風が吹くなんて聞いていない。冷たい缶コーヒーを渡してしまったのに。

「幸せが手元から、するりと」

「ロマンティック」

「見栄《みえ》っ張りだからね」

そんなこと言われたことなかったな。そんな一面があったとしても、恥ずかしくて遠慮してしまうタイプだから。

そう考えると、ロマンチストというのは見栄っ張りなのかもしれないな。本音を言いたくないから、洒落《しゃれ》たことを言って誤魔化《ごまか》す。だとしたら、俺はその類《たぐい》になる。

「そうなると、私は誰かの幸せになっていたんですね」

その通りだ。あんなにネガティブなことしか言わなかった彼女の口から、思いもしなかった言葉が出てきた。

嬉《うれ》しくて嬉しくて、溢《こぼ》れる笑みを隠せなかった。隠すつもりも無かったけれど。今日の撮影が何かのきっかけになってくれたのなら、それはそれでも。

「いまさら実感しましたか？」

「ふふっ。まさか。ずっと前からですよ」

ちょうど撤収作業が終わりを迎えていた。スタッフ達が俺たちのところまで挨拶に来てくれたから、二人して立ち上がって返した。

撮影した写真は後日の打ち合わせで確認することになった。予定通りだ。とりあえずは一安心。プロに撮ってもらったのだから、そんな心配はいらないだろう。

さっきまで吹いていた秋風は止《や》んで、俺たちは公園を出ようと彼らに背を向けた。

「あの……新木さん」

呼び止められたから、振り返る。ブラックの缶コーヒーを顔の前に差し出して、可愛《かわい》らしい表情をした彼女がそこに居た。

「まだ飲み終わってなくて」

「――奇遇ですね。俺もです」

もう少しだけサボりましょうか。

そう言うと彼女は「良いですね」と笑う。会社に文句は言わせない。だってゲストのワガママなのだから。なんて、笑った。

3rd

雨

OSHI ni NETSUAI GIWAKU detakara kaisya yasunda

山元美依奈《やまもとみいな》のおかげで、今年は特に慌ただしい年末を過ごしていた。

彼女を起用したポスター。その反響が凄《すさ》まじいことになっている。中小企業に嵐が吹き荒れた。

取引先や顧客への配布のほかに、俺たちの弱小企業アカウントでＳＮＳにもアップした。これが大反響。最近の言葉を使えば、バズったわけだ。

一つは、コスモス畑の中で振り返る彼女。白いワンピースと紫の花々が躍っている。

一つは、芝生の上に立って空を見上げる彼女。空に溶け込む水色のワンピースが揺れている。

一つは、横向きの彼女がカメラ目線を決めている姿。黒色のワンピースとポニーテールが良くマッチしていて、他の２枚とは趣向が違う。

いずれにしても、共通して言えるのは桃花愛未らしくない。サクラロマンス時代の彼女を知っている身からすると、キャピキャピ感が全くと言っていいほど無い。

今回の彼女は、まるで別人だ。

アイドル時代よりも化粧は薄いのに、あの頃より輝いているように見える。またそれに、綺麗に伸びた黒髪がよく合うのだ。

ポスターで大切なのは、被写体ともう一つ。キャッチコピーがある。あらかじめコチラから要望を伝えて、それを代理店が委託したコピーライターに伝えてもらった。それで、いくらか案を持ってきてもらったが、3種類に共通して、一言だけにした。

「桃花愛未《ももはなまなみ》が戻ってきた」とドルオタ達が騒ぐのは想定内だったが、それ以外の層にウケが良かった。良すぎた。熱愛疑惑で脱退した元アイドルであるにもかかわらず。

本人の意向で、ポスターに彼女の名前は入れていない。そのせいで、桃ちゃんのことを知らない人からの問い合わせが殺到する羽目になった。

そのほとんどが「名前を知りたい」というモノだったが、中にはポスターをくれと言う奴《やつ》まで出てきた。どうせ転売ヤーだろ。お前らは全人類の敵だ。

皮肉なことに、彼女を傷つけたSNSで話題にもなった。もちろん、良い意味で。こんな良い素材を手放した前事務所へ苦言を呈すアカウントもあったぐらいだ。

ネガティブな意見もあっただろうが、好評に掻《か》き消されて見つけられなかった。いずれにしても、これは俺たちにとって嬉しい誤算である。

ただ、気になる事が無いわけじゃない。

近年SNSで話題になったネタは、ネットニュース、そしてテレビにも波及するのが普通になっている。大した取材もせずに自分の媒体に載せるのはどれだけ楽だろうな、なんて皮肉っていたが、今回の件に触れることは無かった。

まあ深く気にすることでもない。

山元さんのおかげで、展示会は大盛況に終わった。本人が来るわけではなかったが、ポスターを見た顧客との会話には困らなかったらしい。やっぱり俺の見る目に狂いはなかったのだ。

話は変わって——時は師走。忘年会シーズンである。

今年は業績の良さを表すみたいに、ホテルの一室を借りてコース料理を楽しむことになった。彩晴《さいせい》文具の社員や、ポスター撮影に関わった人間総勢40人近い人が集まると、中々に壮観である。

最初こそ席が決められていたが、酒が入れば自由に移動するのがお決まりだ。例に漏《も》れず、いまも各自好きなところで好きな話をしている。

その中で、山元さんの人気は凄まじい。彼女の周りには男女問わず多くの人が酒を注《つ》ぎに来ている。弱いから飲まないと固辞しているが。それで良い。酔ってしまうと何をされるか分からないからな。特に彼女は。

「どうも。お久しぶり」

手酌した瓶ビールを一人飲んでいると、聞き覚えのある声に話しかけられた。空になったグラスをテーブルに置いて、顔を見合わせる。

「あの時の！」

「挨拶もなく帰ってごめんなさいね」

「いえいえそんな」

撮影の時に少しだけ話したスタイリストだった。金髪ショートカットは健在だが、あの時よりも格好はフォーマル。スーツを上手《うま》く着こなしている印象を受けた。

隣の席が空いていたから、彼女はそこに腰掛けた。俺の空のグラスを見て、瓶ビールを手に取る。

「どうぞ」

「あ、ありがとうございます」

瓶ビールのラベルを上にして丁寧《ていねい》に注ぐ。

少し意外だった。見た目的にも奔放なイメージがあっただけに、一般社会のマナーを持ち合わせていたとは。人は見かけによらない。

というより、こんなモノはマナーでも何でもないんだけどな。これをマナーだと叫ぶ親《お》父《や》じどもが喧《やかま》しいったらありゃしない。

「不満がある顔をしていますね」

「いやそんなことは……」

「私の注ぎ方が悪かったかしら？」

何かキャバクラみたいだ、と言いかけてやめた。それを言うには関係性が薄すぎる。にしても、自然とそう思ってしまうぐらいの軽快さが彼女の言葉にはあった。

そのまま口に運んで、いつしか美味《おい》しいと思うようになった苦味を喉に流し込む。いつも発泡酒ばかり飲んでいるから、やはりビールは美味《うま》い。いつもより酔いが早く回っている気がした。

「凄《すご》い反響ね。あの子」

「ここまでとは思いませんでしたよ」

「あなたに先見の明があるんじゃない？」

「それは無いですよ」

先見の明というか、俺はずっと桃花愛未のことを推していた。好きだからとかではなく、一人のファンとして、彼女は一人でも十分にやっていけると。

歌も踊りも上手くて、可愛らしいその雰囲気は他の女性には無い。今こうして一緒に打ち上げをしていること自体、不思議でならない。

「そういえば、お名前をお伺いしていませんでした」

俺がそう言うと、彼女は笑った。いつもの癖でスーツの内ポケットから名刺を取り出そうとしていたからである。

そこで笑う理由はよく分からなかったが、アルコールのせいにしてその疑念を打ち消した。

「宮夏菜子《みやかなこ》と申します。ご挨拶が遅くなってごめんなさいね」

「あ、いえ……」

急に礼儀正しく頭を下げてくるから、持っていたグラスを咄嗟《とっさ》にテーブルに置いた。合わせて会釈すると、周りの笑い声が聞こえる。俺たちを見てのことではないが、そんな気がしてならなかった。

「珍しい苗字《みょうじ》ですね。宮さんって」

「そうでしょ。あだ名みたいってよく言われます」

「あはは。確かに」

昭和の漫画に出てきそうな名前だ。これを言うと色々と失礼になる気がしたから、グッと堪《こら》えた。

彼女が持ってきたグラスも、いつの間にか空いていた。俺がビールを注ぐと「悪いわね」と満足そう。不思議な感覚だった。

俺よりも年上なのは間違いなさそうだ。時々出るタメ口も自然だし、相手もそれを分かっている。にしては、随分と若く見えるのも事実だった。

「新木君が注いでくれたビールは美味しいわね」

「それはよかったです――って名前知っていたんですか」

「ええ。もちろん」

まぁ広告代理店が委託したスタイリストなら、知っていてもおかしくない。あの時話しかけてきた時も、山元さんの起用を提案したことを知っていたし。何の不思議もない。ここで、少しぬるくなったグラスを優しく摑《つか》んだ。若干飲む気が失《う》せるぐらいのぬるさだ。

――だが、彼女の口から出てきたのは俺が全く想像していない言葉だった。

「あなた、週刊誌に載っていた人でしょう？」

ビールを口に含んでいなくて良かったと思った。もしそうだったら、盛大に吹き出していたに違いない。

今回はその代わり、声にならない声が出た。否定も肯定も出来ない声が。無論、その様子自体が肯定を指し示していることぐらい俺でも分かる。

彼女が今どんな顔をしているのかは分からない。怖くて目を合わせられなかった。

部長を通じて、会社の上層部はこの事実を知っている。だがそれまでだ。俺たちに交際の事実は無いし、笑い事として片付けても問題ない案件である。

なのに、彼女の前だとそれが出来なかった。笑い飛ばすことが。

多分、初めて業界人から突っ込まれたからだと思う。この人は俺が知らないことを知っていて、当然あの場面のことも頭に入っているんだと、思わざるを得なかった。

「タバコ、吸う人よね？」

少し考えて頷《うなず》くと、彼女は「じゃあ続きはそこで」と言い出した。立ち上がって、俺の様子を窺《うかが》っている。これは一緒に来いということだろう。

視界が少しふらついた。酔いのせいだろう。くそ。突然悪酔いした気分。何が起こるのかよく分からないまま、俺はビールが残ったグラスを名残惜しく手放した。

宴会場を出てすぐに、喫煙所は見つかった。同じ階に併設されていて助かったと思った。それは今すぐにタバコを吸いたいわけではなくて、喫煙所まで移動する間の気まずさに耐えられなかったからである。

引き戸を開けると、換気していても残る独特の匂いが鼻を抜けた。不思議なコトに、俺たち以外に誰も居なかった。

「誰も居ないのはちょうど良かった」

「え……？」

今となっては、すごく意味深に聞こえるセリフだ。別に誰か居ても気にすることはないのに。誰かが居るとマズい話でもするつもりなのか。

いや、実際そうだろう。俺が週刊誌に載っていたことを突っ込むつもりなのか、はたまたそれ以上の脅しをしてくるのか。

加熱式タバコを一吸いして、甘めの煙を吐《は》く彼女を見ていると、つい視線が合ってしまった。

「吸わないの？」

「いやまぁ……」

今はそれよりも知りたい事がある。タバコに火を付ける気にはなれなかった。喫煙所に居るのに初めての感情だった。

そんな俺を揶揄《からか》ってか、加熱式タバコを持つ手を俺の方に向けながら。

「吸いなよ。喫煙者にしか分からない感情ってあるじゃない」

「まぁ……」

言葉の意味はよく分かる。子どもの頃はこんなモノに絶対手を出さないと思っていたのに。人間分からないものだ。仕事中に吸うことでメンタルを保つことが出来るのだから。

どのみち、火を付けないと話が進まないと察した。諦めてタバコを取り出して口にやる。

週刊誌を見たあの日と同じ味がした。

「——別に脅すつもりも、あなたを売るつもりも無い。それは最初に言っておく」

本当かよと言いそうになったが、いつもの如《ごと》く飲み込んだ。代わりにタバコの煙を吐き出して、それを返事とした。よくあるだろう。親父世代がよくやるヤツだ。

「なら、俺に何か言いたいことでも？」

少しだけ頭がスッキリした。タバコのおかげで。見えない彼女の助言が効いたとでも言うべきか。皮肉なことにね。それを分かっているらしく、目の前の人は「あはは」と笑った。

「そういうこと。別にあなたに言う必要もないんだけども」

壁に寄りかかる俺と、真《ま》っ直《す》ぐすらりと立っている彼女。心の態度が表れている気がして、随分と対照的だ。

「なら言わないでも良いんじゃないですか？」

初めて思ったことを素直に言えた気がする。

酔いのせいか、彼女への疑念のせいか、はたまたその両方か。別にどちらでも良い。

「ツレないね。気にならない？」

「いや気になりますよ。なりますけど……」

「けど？」

「……うーん」

怖くて聞けないというのが本音だ。でもそれを言ってしまうと、何か負けた気になる。

だからつい見栄《みえ》を張ってしまった。

「売るつもりは無いって言ったけど、どうしてか分かる？」

会話が途切れそうになったからか、最初に彼女の方が口を開いた。突然の問いかけであったが、無視するのも申し訳なくて、仕方なく頭を回した。

「……意味がないから？」

「まあ、そういうこと。売れない情報ってことね」

それはそれで中々に癪《しゃく》だな。まぁただ一緒の画角に収まっているだけの一般人には、何の価値もない。少し冷静になれば分かることだった。

「でもそれは、価値があるなしに関係ないの」

「……と言いますと？」

加熱式タバコの匂いが残る。紙タバコの方がキツいのに、やたらと鼻を抜けるその香り。虚《むな》しさだけが胸に居座っている。

「今回、あの子が日の目を浴びる機会を作ったのはあなた。でもそのせいで、週刊誌のマークもキツくなるはず」

分かるが、それが俺と何の関係があるのだろう。そんな顔をしていたせいか、宮さんは少し呆《あき》れている。

「二人きりで歩いてみなさいよ。すぐ撮られてあなたも色々と大変な目に遭うに決まっている」

「でも、今の山元さんは一般人ですよ」

「そう。今は、ね」

別に二人きりで会いたいわけではないが、会いたくないと言えば嘘《うそ》になる。現役アイドルであれば流石《さすが》に自重するが。ただ宮さんの含みのある言い方を見て、察するところはある。

きっと彼女は、芸能界に復帰する。

今回のヒット具合を見ても、熱愛疑惑が出た元アイドルとは思えないほどの熱狂ぶり。大衆が素直に彼女の魅力に惹《ひ》かれた印象を受けた。

「だから――あなたに言いたいのは一つだけ」

そう、それで良いんだ。会社のためとか言っていたけれど、心の奥底では桃花愛未のことを諦められない自分が居て。

そのきっかけになれば良いと思っていた。話題になって、スポットライトを浴びてもらって、もっともっと多くの人の目に届けば良いと。

でもそれは――今の関係を捨てることになる。

「もう、あの子に会わないで欲しいの」

だから、宮さんがそう言うのも理解できた。だけど、まだ彼女は復帰すると決まったわけじゃない。だから尚早な気もした。

　タバコの火が消えそうになっていた。吸う気力も無くて、灰皿に押し付けた。いつもより強めの力で。

「復帰すると決まったわけじゃないですよ」

「そうね。本人の意向を聞いていないから」

「……あなたは、何者なんです？」

　ここに来て、冷静になって考えてみた。

　ただのスタイリストにしては、あまりにも干渉が過ぎる。サラリーマンの俺が言えたことではないが、彼女は山元さんの何を知っているのだろう。そして、何を見ているのだろうか。

　加熱式タバコを吸い終わった彼女は、僅かに口角を上げた。ようやく聞いてくれたね、と何故《なぜ》か嬉《うれ》しそうな表情をしている。なんなんだ。

　おもむろに取り出したケース。名刺入れだとサラリーマンの直感が言った。案の定、彼女が俺に差し出したのはうっすら桃色がかった可愛《かわい》らしい名刺だった。

「ゴールドコイン・プロダクション代表取締役……社長さん？」

「そう。一応芸能事務所の。小さいけどね」

　初めて会った時の違和感が、ここでようやく解消された。ただのスタイリストにしては、明らかに落ち着きすぎている。目の前だけじゃなくて、もっと先を見据えているような、そんな落ち着きが宮夏菜子《このひと》にはあった。

「芸能事務所の社長さんが、どうしてスタイリングを」

「元々はスタイリストだったから。今もたまに現場に立つけどね」

「なら、あの日も？」

「ええ。少し強引に参加させてもらったの」

彼女がそこまでして参加した理由は、もう分かりきっていた。そう判断するには材料が揃《そろ》いすぎていたから。

「私は山元美依奈をスカウトする。あの子は天下を取れる。絶対に」

だから俺に会うなと言うわけだ。今はただ周りを飛んでいる虫でも、害虫に変わる可能性もゼロじゃないから。

それなら、今のうちに駆除しておいた方が良いに決まっている。俺が宮さんの立場なら、きっと同じことを言うはずだ。

「それをどうして俺に」

「……どうしてかしら。私も不思議」

「揶揄《からか》ってますね」

「そんなんじゃない。ただあなたは――」

俺が「復帰しないように」説得するみたいな強硬策に出るとでも思っているのだろうか。いや……それは無いな。宮さんは、そんな低俗なことを気にして話をしたわけじゃない。随分と酷《ひど》いことを言われたが、俺を一方的に突き放すわけでもない。その僅かな優しさが感じられたから、あまりショックを受けないのだろう。今の俺は。

「――あの子を最優先に出来るでしょう？」

そう言って彼女は出て行った。

今はここの空気を吸いたくなかったから、しばらくして俺も宴会場に戻るとお開きの流れになっていた。いつ買ったか忘れた腕時計を見ると、夜の9時が近い。確かにいい頃合いだ。

それに2時間制だと、さすがに飲み足りない。だから人は何軒もハシゴしてしまうんだよな。酒も足りないし、話だって尽きないから。

あの子と会わないで欲しい、か。

頭の奥底どころか、てっぺんにまでその言葉が染み付いている。分かってはいたが、面と向かって言われると少し寂しい。

二次会の場所は藤原《ふじわら》辺りが予約しているらしい。飲み足りないのは事実だが、行きたいとも思えないのが本音だった。

宮さんの姿が見当たらない。それに山元さんも。あぁそうか。多分スカウトだろう。俺に言ったぐらいだから、あの人はすぐに動くはずだ。宮さんにしても、つぎ山元さんに会えるのがいつになるか分からないし。

力の無いため息を吐《つ》いていると、藤原が俺に話しかけてきた。

「新木《あらき》さん、行きましょう」

「絶対行かなきゃダメ？」

「当たり前じゃないですか！　だって一番の功労者なんですし。要は今日の主役ですよ」

そこまで言ってくれるなら「行きたくない」というワガママを聞いて欲しいぐらいだ。飲みたい人間だけで行けばいいのに。……だけど、俺が藤原ぐらいの歳《とし》だったら同じことを言っているかもしれないな。

あと、今日の主役は俺じゃなくて山元さんだろう。それを訂正するつもりにはなれなかった。彼女の名前を口にすることすら恥ずかしくなって。

「分かったよ。ちょっとタバコ吸ってくるわ」

「このまま解散なんで、ホテル前で待ってましょうか？」

「いや、店近いし。すぐ追いかけるよ」

藤原は少し考えて、俺の言葉を飲み込んだ。帰らないでくださいよ、と釘《くぎ》を刺して。その手があったな。馬鹿なヤツである。

さっきも吸ったとか、そんな話じゃない。酷いストレスを感じると、どうしてもタバコを吸いたくなるのだ。ヘビーだと言われようが、俺には関係のない話だし。

カバンを肩に掛けて、両手をフリーにする。喫煙者にとって手の自由は必須である。

本当についさっきまで居た場所に戻るわけだが、妙に足取りが軽かった。今度は純粋に喫煙するという目的があるからだろうか。

ゾロゾロと会場から出て行く参加者たちは、随分と楽しそうだ。

「——新木さん！」

声を掛けられた。心臓が鳴った。

だってその声の主は、会うなと言われたあの子だったから。

「山元……さん」

「今日はありがとうございました。すごく楽しかったです」

「あ、う、うん。良かったです」

そう言う彼女の声は、分かりやすく高揚していた。お酒を飲んでないのに、会場のテンションに付き合えたんだな。

まぁ、握手会で色んな人間と話していたぐらいだ。それぐらいは容易なんだろう。

表情はよく分からない。飲酒してないから、紅潮しているとは思えない。と言うのも、会うなと言われた手前、彼女の顔をまじまじと見ることが出来なかった。

「じ、じゃあ俺タバコ吸ってくるんで」

「あ、ちょっと！」

呼び止められたが、俺は逃げるように喫煙所に進んだ。引き戸を引いて、彼女から見えないところに立つ。黒い壁に覆われた空間、小さめの窓にもスモークが掛かっているから、外から俺のことは見えない。

思わずホッと息を吐いた。流石にこの中まで追いかけてくるつもりは無いらしい。それもそうか。逆に入ってきたら、俺が折れるのに。

駆け込んだが、俺以外に人は居なかった。まさか、あんだけの参加者の中で喫煙者は俺と宮さんだけか？

いやそれは無いよな。うん。勝手に疑って勝手に納得する。こんなミラクルもあるんだと密《ひそ》かに感心してしまう。

タバコに火を付けて、吸って、フッと吐《は》く。もう一度、ため息に近い感情を吐き出した。

「情けねえなぁ……」

オドオドしながら、一生懸命に彼女の手を握っていたあの頃とは違う。そういう意味での情けなさじゃない。ファンとしてじゃなく、これは俺個人、一人の男としての判断。それがこんなにもみっともないとは。

元アイドルかもしれないが、今のあの子は一人の女の子だ。そんな彼女にいい歳のおっさんがオドオドするなんて。

そんな俺に反して、いつにも増してタバコが美味《おい》しい。そんだけストレスを感じているのだろう。全く、全部宮さんのせいだ。

そういえば山元さんの様子を見る感じ、まだ声を掛けられていないようだった。いや何の根拠もないけれど、俺の直感がそう言う。

なんとなくだけど、彼女がアイドルにスカウトされたら、あんなに元気良く話しかけて来ない気がする。少なくとも、俺には迷惑をかけたと思っているぐらいだし。

（……戻るのかな）

一ファンとしては、もう一度表舞台で見られるなら、それで良い。宮さんと同じく、あの子は絶対に天下を取れると断言する。

だけど、下手に話す関係性になったせいで、彼女が手の届かないところに行ってしまうのは寂しい。憧れのアイドルと連絡を取れるなんて、この先二度と無いに決まっているのに。

生きていると、人生は都合良く進まないと思うことが多い。今のまま、お友達として彼女がスーパーアイドルの座を射止めるプロセスを眺めていたいのに。世間はそれを許さない。

タバコを吸い終わったが、なんとなく外に出たくない。気が重かった。2本目に手を伸ばす。スマートフォンでは2軒目の場所を確認する。うん、ここから近い。いい意味で騒がしそうな大衆居酒屋か。ここと随分ギャップがあるが、今はこれぐらい騒がしい方が現実から逃げられそうだ。

山元さんは二次会に参加するのだろうか。ふと気になった。

飲み会で酒を飲まない人間が、二次会に参加するケースは極めて珍しい。加えて2軒目になれば、大抵の人間は出来上がっている。声は大きくなり、思ったことを包み隠さず言い、アルコールに溺れてしまう。

そこにシラフの人間が居たところで、辛《つら》いだけだ。場酔いでもしない限り、ただただ苦痛の時間を耐えるしかなくなる。

だから、彼女は来ないだろう。俺ならそうするし。

それが嬉《うれ》しくもあり、寂しくもあった。来ないなら色々気にすることは無くなる。でもチラリと視界に入るだけで胸が高鳴るから、居てくれるだけで嬉しいのが本音でもあった。

ふとスマートフォンが震えた。電話かと思ったが、メッセージらしい。送り主は先ほど別れた藤原だった。

『雨降ってますんで、併設しているコンビニで傘買った方が良いですよ！』

そうなのか。念のために折り畳み傘を持参しているから無用な心配であるが、中々に気が利く奴《やつ》である。

その旨を返信して、ポケットにしまう。藤原と絡みが無かった頃はただの脳筋だと思っていたが、接していくうちに印象は変わるものだ。脳筋であることには変わりないが。

もっとワガママを言えば、ホテル前で傘を買って待ってくれてれば最高だったな。そうしたら、1回ぐらい高級ランチに連れてってやってもいい。

「……出るか」

まぁいい。今はそんなこと。

力の無い独り言である。タバコを灰皿に押し付けて、ライターごとスーツの胸ポケットにしまう。最近クリーニングに出してないな。そろそろしっかりしないと匂いも付いているだろうに。引き戸を開けながら、そんなことを考えていた。

「――どうして逃げたんですか」

「うわっ⁉」

喫煙所を出てすぐ、彼女に出くわした。というより、入り口の目の前で待ち構えていた感じだ。俯《うつむ》きながら出てしまったせいで、心臓が止まるかと思うぐらいに驚いてしまった。

「あー……えっと……」

さっきは目を合わせられなかったが、今は不思議とそうではなかった。俺よりも身長が低い彼女。俺の目をジッと見つめている。だけどそれは――明らかに。

怒ってる？　と直球で聞くべきか悩んでいると、ずっと睨《にら》んでいた彼女は呆《あき》れたようにため息を吐いた。でも、それまで。

俺のことを咎《とが》めるわけでもなく、かと言って姿を消すわけでもなく、ただ目の前に存在するだけ。まるで「私はここに居る」と訴えられている気がしてならない。

さっきまでの喧騒《けんそう》は無くなっていて、扉の開かれた宴会場を見ると、ホテルスタッフが後片付けをしている最中だった。

「あの……怒っています？」

「はい」

即答である。食い気味ですらある。勇気を出したのがアホらしく思えるぐらいに。

その理由を問いかけようとすら考えた。でもそうすると「そんなことも分からないのか」と言われる未来しかない。

十中八九、俺が逃げるように喫煙所に駆け込んだからだろう。

「む、無視しているわけじゃないんです」

「別に無視されていると思っていません」

「あ、いや……」

言葉の綾《あや》だと言い訳しても、余計に墓穴を掘るだろう。ここはあえて何も言わず、咳払《せきばら》いで誤魔化《ごまか》してみた。

「無視する理由でもできたんですか」

全然誤魔化せなかった。

質問されているのに、言葉に抑揚がないからめちゃくちゃ怖い。あんなにキラキラしていた桃花愛未って、怒るとこんな感じなんだ。怖いけど可愛《かわい》いな。

……そうじゃなくて。ここで宮さんに言われたことを素直に言うべきか？　アイドルに復帰するために、俺との関係性は薄くしておいた方が良いと。

でも、彼女は拒否するだろうと思った。だって、俺が避けるような態度をとってこれなのだ。多分、余計なお世話だと言い切られる勢いが今の彼女にはある。

「ただタバコを吸いたかっただけなんですよ。それ以上でもそれ以下でもありません」

「私の声がけを無視してまで？」

そう言われるとキツい。申し訳ないし。

だけど、ここは心を鬼にするしかないか。要は、俺に構うなと彼女に伝われば良い。

「まぁ……その時はタバコを吸いたかったんで」

「……ばか。新木さんのばか」

そうだな。俺はばかやろうだ。

君は、この感情を分かってくれるだろうか。ファンとして、俺がずっと君の近くに居るわけにはいかない。必ず、どこかでネタにされる。俺も、彼女も。そんなことにはなって欲しくないから、引くなら今しかない。

彼女は俺に背を向けて、小走りで姿を消した。俺は黙ってそれを、小さくなっていく山元美依奈の背中を眺めることしか出来なくて。

もどかしくて、悔しくて、寂しい。こんな感情を抱いたのはいつ以来だろうか。それは俺自身が、彼女と距離を置きたくないと認めているようなものであった。

エレベーターに乗り込み1階を目指す。体が勝手に動いた。何はともあれ、さっきのことを謝らないといけない。これをどうやって説明するかは、まぁその時になって考えれば良い。

ロビーは賑《にぎ》わっていた。宿泊客だけじゃなく、俺たちのように宴会終わりの人間もチラホラと見受けられる。

でも、自動ドアをくぐれば濡《ぬ》れた世界になっていて。滴り落ちる雫《しずく》を、寂しそうな背中が一人で見つめている。その姿すら絵になるもんだから、俺が声を掛けるべきかどうか、ほんの少しだけ悩んだ。

降りしきる雨は、目の前の道路を真っ黒に濡らしていた。街頭の灯《あか》りを反射させて、眩《まぶ》しくも暗く光るそれを、ただジッと見つめている一人の女性。

雨宿りをしているだけに見えなくもない。けれど、そうじゃないことは俺にも分かる。どんな表情をしているのかは分からない。

「──濡れますよ」

カバンから折り畳み傘を取り出して、彼女に差し出す。横に立った俺に、この人は少し不満そうに鼻を鳴らした。

「別に良いです」

「なら、ここで何を？」

「別に何も」

「そう」

折り畳み傘を受け取ってもらえなかったから、仕方なくダラリと腕を下げる。

いつも良い顔を見せてくれていた彼女が、こんな表情をするなんて。新鮮な気分である。

それもそうか。アイドルとして、ファンを傷つけるわけにはいかない。どんなに辛くても、彼女は俺たちに笑顔を振り撒《ま》いた。プロだから当然じゃない。人として尊敬するぐらいだ。

……そんな桃花愛未が、今は俺の隣に立っている。そして、彼女が見せてこなかった顔を見せている。そこで行き着く疑問。

彼女にとって、俺は一人のファンではないのか？

だってそうだろう。もし当時の俺がここに立っていれば、彼女はもっと親切にしてくれるはずだ。だって、ファンだから。それ以上でもそれ以下でもない存在。自ら心の中に踏み込むことはしないはずだ。

なら……それ以上の存在だと見てくれているのだろうか。途端に胸が鳴る。痛いぐらいに俺の心を抉《えぐ》ってくる。

その感情をただ、雨の音に乗せているだけ。何も生まないし、何も生まれない。このまだと。宮さんの言うように、自然と距離を置くようになって、何も無かったかのように残りの人生を過ごしていくだろう。

「……雨は嫌い」

彼女がおもむろにそんなことを言うから「どうして？」と聞き返した。あの日と言っていることが違うじゃないか。すると山元さんは少し考えて、消え入りそうな声で言った。

「泣いているみたいだから」

子どもみたいな理由でも、彼女が言うと思わず頷《うなず》いてしまいそうになった。きっとこれは、彼女の心のことだろう。今、この天気は山元美依奈の胸の中。だとしたら、俺はひどくやるせなくなった。

「あの……山元さん」

雨は止《や》む気配もない。むしろ強まるばかりで、少し声を大きくしないと彼女には届かないと思った。不思議と恥ずかしさは無かった。周りにも人が居たけれど、不思議と。

「俺と、お友達になりませんか」

「へっ？」

彼女がこっちを見上げた。視線を感じる。恥ずかしくて顔は合わせられなかった。

言葉の意味をどんなに咀嚼《そしゃく》しても、俺の発言は色々と不味《まず》いと思う。ファンと元アイドルという、無意識に引いていた一線を越えることになるのだから。

あぁそうだ。俺はこう言ってしまうのが怖かったんだ。彼女との関係が変わってしまうことじゃなく、ファンという看板を捨ててしまうことが何よりも。

ならどうして、口からそんな言葉が出たのだろう。本心だった、と言われると否定するつもりはない。その場凌《しの》ぎだと思われたくもない。もしかしたら、宮さんに対する反抗なのかもしれない。

「あの……急にどうして」

「い、いやそうですよね。あはは……」

彼女の反応は至極真っ当だ。あまりにも唐突すぎる。だけど、今このタイミングを逃してしまえば、もう同じことを言えない気もした。

雨は変わらない。周りの人は打たれながら走ったり、諦めてタクシーを拾っていたり。俺たちのように立ち止まっているのは無かった。

年末の風は冷たい。ジッと立っているだけだと、ぶるりと体が震える。鼻をすると、雨の匂いが強くなった。

彼女はまた道路の方を向いて、何も言わなくなった。気まずい空気が流れるけれど、良い感じの言葉は頭に浮かばない。

そういう意味では、雨が降っていて良かったかもしれない。静かな夜より誤魔化しやすいから。たとえそれが、彼女の心の中だとしてもだ。

相変わらず空気は重い。しんしんと揺れる雨の匂い。彼女をこのままにしておくのは違うと思っての咄嗟《とっさ》の行動だった。

友達になろう、なんて提案は機嫌取りにもならない。ならなくていい。何度も言うように、これは俺の本心でもあるから。

「あの、山元さん」

また呼びかける。でも反応はない。

「さっきは、ごめんなさい」

だいぶ遅めの謝罪である。本来なら最初にやるべきことなのに、すっかり頭から抜け落ちていた。32年も生きてきて、社会人10年目になるのに。非常に恥ずかしい。

それだけ浮き足立っていると理解して欲しいワガママを思う。

「最初に言って欲しかったです」

「……面目ない」

何も言い返せなかった。彼女の毒を素直に飲み込む。すると山元さんは、今まで仏頂面だったのにクスッと笑ってみせた。

「冗談です。気にしていませんから」

なら何故《なぜ》、あんな寂しそうな背中をしていたのか。ファンである俺の前で違う一面を見せてくれたのか。聞きたいことは沢山あったけど、一つ言えることがあった。

「……嘘《うそ》ですよね」

見栄《みえ》を張っているのか、本音を出したくないのかは分からない。けれど、今の彼女は明らかに嘘をついている。俺にじゃない。自分自身に。アイドルを辞めたいと言ったあの時と同じ雰囲気だった。

「なにがですか」

「気にしてないっていうこと」

「どうしてそう思うんですか」

「なんとなくです」

「そんなの理由になっていません」

「否定はしないんだね」

お互い道路を眺めながら、ただ思いつくままに言葉を紡いだ。顔を見合わせているわけじゃないのに、自然とキャッチボールが出来ている気がする。きっと顔を合わせてないからだろう。

「……どうして、お友達なんてことを」

話が戻った。いや、この先に進むために必要な戻りかもしれない。だから少し考えた。

答えは割とすぐに出た。

「放っておけないんです」

「え……？」

「俺、ずっとあなたのこと見てきたから」

言葉足らずだったことに気がついたのは、言い切ってしまってから。「ああいや！」なんて咄嗟に彼女の方を向いてしまったが、それは山元さんも同じであった。

「こ、これはファンとしてという意味で……！」

そんな言い訳を目が合った状態で言った。3秒間ぐらい。やがて、二人して逸《そ》らした。

酒を飲んでいないのに、彼女の頬《ほお》は少しだけ紅潮しているように見えた。とても綺麗《きれい》で見《み》惚《と》れてしまう。

俺としては「深い意味はない」と告げたかったが、これ以上言い訳がましくなると男としてもみっともない。彼女が察してくれることを祈りながら、分かりやすく咳払《せきばら》いをした。

「ふふっ」

彼女が笑ったから、少しムッとして言った。

「笑わないでください……」

「ごめんなさい。可笑《おか》しくて」

「一応、俺の方が年上なんですけど」

そんなのは理由にならないらしく、山元さんは相変わらずクスクス笑う。さっきまで拗《す》ねていた子とは思えないほど、無邪気な表情をしている。

「だって、ほら――」

「ん？」

一通り笑った後、彼女は俺の方を見上げて、まるで年下を宥《なだ》めるように言った。

気がつくと、雨は弱まっていた。

「私たち、お友達でしょ？」

二度目の高鳴りは、雨の音で誤魔化《ごまか》せなかった。心臓が強く跳ねる。俺の体に鞭打《むちう》つように、痛く、激しく、なのに苦しくなくて。

ジッと見つめてくる彼女は、俺の瞳の奥の奥まで覗《のぞ》いているみたいだ。山元美依奈の黒い瞳がガラスに映る光のように揺れている。

「――確かに。それもそうだね」

彼女が手の届かない場所に戻ったとしても、それでも良い。友達として山元さんをサポートすることだって苦じゃない。迷惑をかけない範囲でなら、誰にも文句を言わせない。

「なら、雨に濡れないように」

「もう弱まったから、そんな良いのに」

「大丈夫だから。体が資本でしょ？」

半ば強引に折り畳み傘を渡した。最初こそ遠慮していたが、折れたのは彼女の方だった。そろそろ宮さんも来るだろうし、俺も二次会に行かないといけない。あんまり待たせると藤原たちがうるさいだろうから。

「それじゃあ、また」

店はすぐ近くなのに。彼女にもすぐ会えるのに。そんなキザなセリフをぶつけてしまった恥ずかしさは、この雨に濡れて冷えていく。

「――新木さん！」

綺麗な声は、よく響いた。でも俺だけに向けられた声だったから、周りの人間は気にも留《と》めていない。独占している気分になって、また胸が鳴る。

振り返って、呼び止めた張本人を見る。何も言わない。ただ、小さく、本当に小さく手を振っているだけ。口元がほんの僅かに上がっているように見える。遠目からだと分からないけれど。

気がつくと、雨は止んでいた。

4th

あなたの匂い

12月の末。割と遅めの時間にスマートフォンが鳴った。

メールではなく、電話のようだった。画面に表示されたのは、意を決して登録したあの子の名前である。

「もしもし?」

『遅くにごめんなさい。いま、大丈夫ですか?』

山元《やまもと》さんの声を聞いたのも久しぶりだった。最後に会ったのは、ポスター企画の打ち上げの時。今でもたまに思い出す。雨上がりの先で小さく手を振る綺麗な彼女のことを。

そういえば、あの後二次会に来なかった。理由はなんとなく察したけれど、今言うことでもないだろうと飲み込む。

相変わらず心臓は高鳴る。話すのは楽しいけれど、いつまでも慣れない。緊張してしまうのが本音だった。

「大丈夫。どうかした?」

OSHI ni NETSUAI GIWAKU detakara kaisya yasunda

『──よかった。ありがと』

馴《な》れ馴れしく話しかけてみたが、相手もそれに乗っかってきた。と言うのも、最後に会ったあの日に、俺たちは友達になった。

これまではファンと元アイドル。そして取引相手。それが友達というラフな関係になったのだから、胸が躍らないわけがない。あわよくば──なんてありえないことを考える。

『……ちょっと相談があって』

その言い出しで、少し長引くことを察した。換気扇下に移動する。そしてタバコに火を付けて、聞こえないように吸った。

「俺に相談？」

『うん。ダメ？』

「そんなわけないでしょう」

『ふふっ。ありがと』

あざといなんて言われても良い。死ぬほど可愛《かわい》い。失神してしまうぐらいに可愛い。可愛さが天井を突き破って宇宙でビッグバンを起こしてしまう。

完全プライベートというか、素顔の山元さんの破壊力はやばいな……。正直、桃花愛未《ももはなまなみ》の頃よりも断然良い。このまま売り出すべきだと思わせる声色と態度。

『あの……スカウト、されたんです』

「あぁ……」

そんな呑気《のんき》なことを考えていたが、少し空気が変わった。同時に頭に浮かぶ宮夏菜子《みやかなこ》の顔。なんとなく予想はしていた。

俺の反応は薄いモノになった。知っていたから。驚く素振りでもすれば良かったなんて思ったけど、彼女はそれに何も言わなかった。

「良いじゃん」

そう言ってみたものの、芳《かんば》しくないリアクションが返ってくるのは分かっていた。そうじゃなきゃ俺に相談してくることもないだろうに。

『そう……なんですけどね』

「迷い？」

『……はい』

迷うにしても、根本的な理由次第でポジティブなのかネガティブなのか決まる。

「どうして？」

『……怖気付《おじけづ》いてしまったんです』

元々、アイドル業界から逃げ出してきたのだ。辞めるのは簡単だが、そこに戻るのは色々と覚悟が必要になる。自分から辞めときながら、やっぱり復活となれば、反感を抱く人も居るだろう。

人間生きていればそんなこともある。一般社会でも同業他社に転職することだって珍しくないわけだし。

ただ俺は、芸能界というものを知らない。俺たちが生きている社会とは全くの別物だとは思う。その中で、一度裏切った彼女は生き残っていけるのだろうか。

平然と圧力を掛け合っている世界と聞く。前の事務所は良い顔をしないだろう。宮さんがどんな立ち位置の人か知らないけど、その手腕にかかっているのは間違いない。

『心のどこかで「もう無いだろうな」って思っていたんです。それが突然、手元にやってきたので、少しびっくりというか……』

なるほど。要は心の準備が整っていなかったということだ。確かに考えても、こればかりは声を掛けてもらうのを待つしかない。

オーディションを受けることもできるだろうが、そうして来なかったのは罪悪感からか。となれば、第三者の出現が必要になる。

山元美依奈《みいな》を引っ張り上げるだけの力を持つ誰かが。それがあの宮夏菜子かどうかは分からない。

「後悔しないと断言出来るなら、引き受けなくても良いと思う」

『むっ。意地悪なアドバイス』

「そ、そうかな？」

『なんちゃって』彼女は軽快に言って笑ってみせたが、多分本音なんだろうなと感じた。彼女の中でもごちゃごちゃになっている。アイドルに戻りたい自分と戻りたくない自分。

１００％戻りたいのなら、悩む理由は何もない。そうならないということは、少なからずリスクへの不安が頭の片隅にあるわけで。良い意味で捉えれば、物事を俯瞰《ふかん》して見ることができる人でもあるが。

「何が心配なの？」

不安の根本を取り除ければ、少しは楽になるはずだ。そう思って問いかけてみた。

『……いろいろ』

「それじゃ分かんないな……」

何故《なぜ》ここまで来ておきながら。悩みを隠されるのは非常にもどかしい。今の俺は、彼女がアイドルになるのかならないのかの分岐点に居る。ここの対応次第で全てが決まってしまいそうな気がしてならなかった。考え過ぎか。

「誹謗《ひぼう》中傷？」

『うん』

その話は聞いていた。だから肯定するのも頷《うなず》ける。けれど、不安を全て吐《は》き切ったような声ではなかった。

他に何かあるのか？　それこそ、前事務所への不安もそうだ。あるいは、桃、花、愛、未、ファ、ンの反応が気になるといったところか。

『……30歳目前なのに、いいのかな』

もっと重い話かと思ったが、どうやら違うようだ。いや、彼女にとってそれは死活問題だということは分かっている。だけど、俺は心のどこかで「あぁそんなことか」と安心したのも事実だった。

『今のアイドル業界は、25歳過ぎたらいい歳だって言われるんです。サクラロマンス時代もそうでした』

「うん。その中で君が頑張っていたことも」

『……ありがとう。もう28歳になる私に、需要なんてあるのかな』

俺は全くと言っていいほど気にしていないが、女性にとって年齢というのはそれほどまでに重要らしい。第一、25過ぎたらいい歳だなんてのも可笑《おか》しな話である。会社で言うとまだまだ若手だ。

だが、人間若い子に目を奪われるのは仕方がない側面もある。話は違えど、歳の差婚なる風習が存在するぐらいだ。その場合は大抵、男の方が随分と上である。

「あると思うよ」

『断言出来るんですか？』

「少なくとも俺は、君にトキメクと思う」

口説いているみたいで嫌になったが、事実なのだから仕方がない。ここで良い加減に第三者ぶっても意味が無いだろう。

『……新木《あらき》さんだからそう言えるんです』

「だけど、誰にも言われないよりはマシでしょ？」

『それは……そうですケド』

納得はしていない様子。それも仕方がない。俺個人に何か言われたところで、それがファン代表の意見というわけでもない。気休めにはなるかもしれないが、大きな不安を取り除くだけの効果は無い。虚《むな》しいけれど。

「結論はいつまでに出せばいいの？」

『つい先日声を掛けていただいたから、年明けにはご連絡するつもりです』

「ならそろそろなんだ」

『はい』

なんだかんだで、宮さんは彼女に考える時間を与えてくれていて少し安心した。俺に対しては強引だったが、山元さんは大切なビジネスパートナーになるかもしれないのだ。それも当然か。

「まぁあと少し時間があるから。また頭がごちゃごちゃになったら連絡してよ」

『……ありがとう。優しいんだね』

「そりゃ、君のためだもの」

『キザな人』

そのまま彼女は、俺に付き合ってくれた感謝を伝えて電話を切ろうとする。ふと、言葉を伝えたくなったから「ちょっと待って」と彼女を呼び止めた。

「好きになることに年齢なんて関係ないよ。どこかの哲学者がそう言ってた」

彼女は笑った。電話が終わるその瞬間に、ようやく心からの微笑《ほほえ》みを聞くことができたと思う。つくづく、俺は女心が分かっていないと痛感して、タバコの火を消した。

☆★☆★

何事もなく年が明け、仕事始め。年末休みで鈍《なま》った体を仕事モードに切り替えるのは何年経《た》ってもしんどい。

仕事が再開して初の金曜日。その昼休みに、俺は行きつけの喫茶店に居た。イマドキ珍しく分煙をしていないせいか、お昼時なのに客足は鈍い。

「年明け早々、そんなため息吐《つ》いて」

「マスターこそ、客足さっぱりじゃんか」

「お客様の心はここにありますから」

「……どういう意味？」

「分からないならそのままで結構」

俺以外に数人個人客が居るぐらいで、本当に儲《もう》かっているのかと疑いたくなる。だが俺が社会人になってからずっと通っているから、潰れてしまうのはあまりにも寂しい。

だから、マスターとも10年の付き合いになる。白髪がよく似合うダンディーな男性だ。ここに店を出してもう20年以上になるらしい。だが客足が賑《にぎ》わったことは一度も無いという。

以前「どうして店が持っているのか」と聞いたことがある。その時は「宝くじに当たったから」とはぐらかされた。まぁ貯蓄が無ければまず潰れているのは間違いない。一人の客として見ても、決して儲かっているようには見えないから。

「分煙しないと」

「僕も喫煙者だからね。要らぬ気遣いだよ」

「経営者として大丈夫なのかその思想」

マスターは俺よりも一回り、いやもっと年上だが、随分と若々しい。昔はブイブイ言わせていたと本人は言うが、本当かどうかは知らない。

昔の純喫茶のように、この世界だけは全席喫煙が認められている。マスター自身が吸うから、という理由だけで。経営者としては最悪な理由かもしれないが、喫煙者としては最高だ。

「今日は連れ無しかい？」

「連れ？」

「あの可愛い子」

「あぁ」

タバコの灰を落としながら、マスターに視線をやる。シャツを捲《まく》って洗い物をする姿も様になっている。カチャカチャと食器がぶつかる音が店内のＢＧＭすら掻《か》き消そうとする。

「連れじゃなくて取引相手だよ」

口に当てたタバコを吸いながらそう言う。言い終わって吐き出した煙は天井にある空調に吸い込まれることなく消えていった。

マスターとの付き合いが長いといっても、双方のプライベートにはあまり踏み込んでいない。何というか、謎多き雰囲気が凄《すご》いから聞きづらいのが本音である。

それに、ここで山元さんとの関係を言うこともない。付き合っているわけでもないが、友達だと告げても良いことはない。あらぬ噂《うわさ》を立てられても嫌だし。

まぁ、マスターが言いふらすなんてことはしないだろうけど。だからポスターの話もここでしたわけだ。

「また連れて来てよ」

「何でさ」

「そりゃ可愛《かわい》いからだろう」

あの時の山元さんは薄化粧だったっけ。それでも親父《おやじ》にこう言わせるのだ。親父キラーというか、少なくとも年上受けは抜群だな。まぁ……そう言う俺もなんだけども。

「第一、あの子がこんな喫煙者のための喫茶店に来ると思う？」

「経営者ながら思わないな。だから口説いてくればいいじゃないか」

「それは勘弁して。俺と釣り合うはずないだろ」

「だな」

もちろんマイナスの意味で。分かってはいるが、即答されるのは非常に癪《しゃく》である。あんたが言ったから合わせたのに。まぁいいや。

辺りを見渡しても、チラホラ居る客は全員がマスターよりも年上っぽい年配者だ。まさに昭和を生きてきた人にとっては、すごく懐かしい雰囲気なんだろう。みんなタバコを吸っているのは、この現代では異様かもしれない。

山元さんは結局どうするのだろうか。

年末以来話していない。メッセージで新年の挨拶をしたぐらいで。年が明けて1週間が経とうとしている今、そろそろ結論を出していても不思議じゃない。

「そうは言いながら、顔に出ているぞ」

「えっ、何が」

「ニヤケ顔だってこと」

反射的に口元を押さえたが、それはまるで肯定しているようである。そんなつもりは全然無かったのに。マスターは俺を見て鼻で笑っている。カレーは美味《おい》しかったのに、その後味が消えてしまうぐらいには恥ずかしい。

「コーヒーでいいか？」

「……お願いします」

「はいよ」

敵に回すと色々と厄介な人である。つい敬語になってしまったが、当の本人は気にしていない。10年の付き合いになれば、年上でも親戚のおじさんのような感覚になる。彼もタメ口で話されるのは気にしていないとのことだし。

カレーを食べた後のコーヒーがまた美味しいのだ。喫煙できるのも大きな利点だが、単純にフードも舌に合うから常連にならないはずもない。

ドアに付いたベルが鳴った。同時にコーヒーが俺の手元にやって来たけれど、客が来ること自体珍しいから、つい視線は来客の方に行ってしまう。

「あ――」

一目で分かった。黒のバケットハットを被《かぶ》ってはいるが、あの子は――。

「いらっしゃい。ウチ、喫煙席しかないけどいい？」

「あ、はい。前に一度来たことあるので」

「あれそう？　べっぴんさんのことは忘れないんだけどな」

「そ、そんな……」

「人少ないから、窓側のテーブルにどうぞ。そこがタバコの煙から遠いから」

「お気遣いありがとうございます」

マスターめ、女性の扱いに小慣れてやがる。何かムカつくな。

それはそうと、あの子は間違いなく山元さんである。俺が言えた口ではないが、どうしてこんな場所に。

「あの、オススメってありますか」

「カレーかな。食後のドリンクとセットで」

「でしたらカレーで。ホットコーヒーも」

「かしこまりました」

カウンターに戻ってきたマスターは、俺の顔を見るなりニヤニヤと嘲笑《あざわら》っている。わざと俺に聞こえるように話していたな。

「噂をすればだな。ウチの店も捨てたもんじゃない」

「俺の営業のおかげだろ」

「まぁ、そうだな。後でお礼してやるよ」

「はいはい」

小声で話し終わり、呆《あき》れながらコーヒーに口を付ける。香ばしくも芳醇《ほうじゅん》な苦味が良い。12時半もすぐそこに迫っている。これを飲み終わって出ればちょうどいいか。

山元さんは——うん。話したいけど、彼女は完全なプライベートのようだ。もしかしたら誰かと待ち合わせしているのかもしれないし。話しかけたい気持ちはあるが、俺も時間が無い。つくづく仕事が憎い。

マスターはカレーの支度で奥に消えちゃったし、俺もタバコを吸いながらスマートフォンを見つめるしか能がない。実に退屈であるが、社会人の昼休みなんてのはそんなモノだ。

入り口に近い窓際の席に座っている彼女は、カウンターからも横目で見える。どうやら俺の存在に気づいていないらしい。

バケットハットは被ったままだが、薄い桃色のコートと、水色のロングスカート。コートを脱げばグレーのパーカー。相変わらず、何を着ても似合うな。

モデルとか引く手はあっただろうに。そんな感情をタバコの煙に乗せて、彼女に届くといいな、なんて考えてみる。副流煙まみれのこの店に、山元美依奈が普通に来ていることが可笑《おか》しな状況である。

厨房《ちゅうぼう》からマスターが出てきた。手には可愛らしい容器に盛り付けられたカレーがある。

さっき食べたばかりなのに、良い匂いがこっちまで来るからおかわりしたくなる。

「お待たせ致しました。カレーになります。コーヒーは食後で？」

「はい。ありがとうございます」

「あぁそれと――」

それと？　口説くつもりか？

いや、やりかねない。マスターの言うことを鵜呑《うの》みにするのなら、奴《やつ》は相当な女好きである。若かろうが年増《としま》だろうが、美人なら誰でも良いタイプだ。

「食後にアイスクリームでもいかがです？」

「アイス……ですか」

「ええ。あのお方がどうしてもご馳走《ちそう》したいと」

……なんか指差された気がする。ここで振り返ったらどんな顔をすればいい。だけど――なんというか。無理やり話す口実を作ってくれたと考えれば、少し嬉《うれ》しくもある。

――後でお礼してやるよ
まさかこれが。でも、なんとなくマスターならやりかねない。やっぱり、女性の扱いには妙に小慣れているな。

振り向くと、二人して俺の方を見ていた。ニヤニヤするマスターと、驚いている山元さん。その対比が可笑しかった。

「ど、ども」

「あ、新木さん」

動揺している彼女を見て、さっきまで恥ずかしがっていた自分が少し情けなくなった。

「どうしてこの店に？」

「前に来た時、雰囲気がすごく好きだったから」

カレーを丁寧《ていねい》に食べる彼女。近くのカウンターに移動して右肘をテーブルに置き、半身だけ山元さんの方に向ける。

一緒の席に座ろうかとも思ったが、食事中の様子を正面から見られるといい気はしないだろう。このぐらい離れている方が互いのためだと判断した。

幸い、こうして話していても支障が無いぐらいの客数しかいないから。あんまり大声では言えないけど。

「カレー美味しい」

「でしょ。俺の行きつけだから」

「だからこの前も？」

「そう。お客も居ないし、マスターは信用出来る人だから」

染み付いてしまうタバコの匂いはどうしても消せなかったが、それでも自分のホ、ホームで話を進めたかった。いかんせん、ポスター起用の交渉なんて初めてだったから、ちょっとしたことで動揺するのだけは避けたかったのだ。

「山元さんは、タバコの匂いって気にしない？」

ふと気になったから、問いかけてみた。カレーを口に入れていた彼女は、口元を手で隠しながら丁寧に咀嚼《そしゃく》している。タイミングが悪かったから、視線を逸《そ》らして返答を待った。

「気にはなりますけど……最近はそうでも」

気にしてたら喫煙席オンリーの店を選ばないだろう。彼女の返答はもっともである。

「へぇ、どうして？」

「……どうしてだろう」

肝心なのはその理由。コトンとスプーンを置いて、真剣に考えている。わざわざそこまでしなくていいのに、と言ったところで彼女はしっかり理由を探すのだけど。

「………………」

「ん？」

山元さんと目が合った。俺の顔をまじまじと見ているが、そんな大層なモノではないだろう。

「い、いや。なんでも……」

そうかと思ったら、プイッと顔を背けてカレーを口に運ぶ。なんだよ。言いたいことがあれば素直に言えばいいのに。

彼女に背を向けると、目の前でマスターが新聞を広げていた。暇そうにしているから、つい声を掛けてしまう。

「やっぱ分煙にした方が良いと思うよ」

「……僕もそう思ったよ」

普段から喫煙所で吸っているせいか、非喫煙者の前でタバコをふかすことに抵抗感があった。周りの爺《じい》さんたちは関係なくプカプカ吸っているけれど、彼女の前だと余計に気を遣ってしまうというか。

「ねぇ」

この場で一番綺麗《きれい》な声が響いた。

店内ＢＧＭをも切り裂くだけの美しくてよく届くそれは、間違いなく俺に向けられたものであろう。

振り返る。今度は体ごと、回る椅子をくるりと。

「なに？」

「……気を遣ってる？」

「どうしてさ」

「分かるよ。だって、新木さんはそういう人だから」

この子は時折、人の心臓をチクリと刺す。でもそれは決して不快なものではなくて、愉快で、幸せな味がするモノ。あんまり言われると、今度は勘違いしてしまうぐらいの麻薬のように。

真《ま》っ直《す》ぐで綺麗な瞳が刺さる。ずっと見ていると心が完全に奪われてしまう気がしたから、僅かに逸らしてしまった。

「買い被《かぶ》りすぎだよ」

「ううん。新木さんが居なかったら私——」

彼女はどこか焦っているように見えた。

俺に気を遣われたぐらいで、それが焦る理由になるとは思えない。言葉を言いかけて、少し考えている。数秒待ってみたけれど、彼女の口から言の葉は出てこない。

「山元さん？」

「……その、あの」

視線をずらすと、カレーを完食していた。中途半端に残すより、しっかり食べる女の子は魅力的である。そういう意味でも、彼女はサッパリとした人だと思う。

「新木さんと会うようになって、タバコの匂いが悪くないっていうか……」

「え？」

「だからその……遠慮しないで吸ってほしいの。ただそれだけだから」

女の子からそんなことを言われたのは、もちろん初めてだった。そもそも、タバコなんて嫌いな人が多いだろうし、嫌われても当然な匂いや不快感があるのも事実なわけで。

俺は喫煙者だから、女の子が吸っていても何とも思わない。だが、吸わない人からすればば良く思われないはずだ。

「……ストレス溜《た》まってる？」

「へっ？」

「いや、タバコの匂いが気にならないって言うから」

揶揄《からか》ったつもりは無かったが、彼女の表情があからさまに曇った。完全に失言だったと思った時には、すでに遅かった。

「すみませんマスター。食後のコーヒーを。あとミニパンケーキも。新木さんの奢《おご》りで」

「えっ」思わず動揺した俺とは裏腹に、マスターはニヤニヤしながら彼女の注文に応えた。

同時に俺に向かって「女心が分かっていない」なんて言う。

そんなことを言われても、俺はそう思わない。だってタバコはそういうモノだから。

「何ですか？」

「あ、いやなんでもないです……」

チラッと彼女を見たつもりだった。思いがけず目が合って、呆れられる。俺の方はコーヒーを飲み終わってしまったから、手持ち無沙汰感がすごい。

お言葉に甘えて、一服してから店を出ることにした。

タバコに火を付けて、煙を肺に入れると何とも言えない幸福感に包まれる。せめてもの抵抗で、彼女には煙がいかないようにマスター目掛けて吐《は》く。あからさまに嫌そうな顔をされた。

当然、山元さんの方は見ることが出来ない。けれど、ものすごく視線を感じる。少しだけ格好つけて、右肘をテーブルに置いて吸ってみる。

「カッコつけてる」

彼女の鋭いツッコミが決まる。嫌味《いやみ》というには、少し軽めである。

「別に良いでしょ？」

くるりと回って、また彼女と向き合った。

右手にはタバコ。灰が落ちないよう、一度灰皿にぽんぽんと落として。

スーツに染み付いた匂いも、今右手から天井に登っていく匂いも、君は本当に気にならないと言ってくれるだろうか。

そうだといいな、なんて思って、吸って、天井に向かって吐いて。

「……ばか」

「知ってる」

なんでそう言われたのかは分からない。けれど、不思議と悪い気はしない。だって、彼女にそう言われるのは自分だけな気がしたから。

山元さんの手元には、コーヒーとミニパンケーキが並んでいる。アイスのはずだったのに、より高いデザートになってしまった。マスターのせいで余計な出費だ。まぁ、別にこれぐらいなら気にしないけども。

「パンケーキ、冷めないうちに食べた方が良いよ」

「煙で溶けちゃうかも」

「はいはい。おっさんは背中向けますから」

随分軽口を叩《たた》くようになったなと思う。彼女だけじゃなくて、俺としてもだ。桃ちゃんファンだったあの頃が懐かしくすらある。

宣言通り、背中を向けてタバコに口付ける。吸っていると、おもむろに彼女が――。

「――アイドル、やってみる」

あぁ全く。タイミングが悪すぎる。

煙を口に含んでいるから、振り返ることが出来ないじゃないか。一番聞きたかった言葉を、どんな顔で言うのか見たかったのに。

ふーっ、と吐き出してしまって、いまさら振り返るのが恥ずかしくなった。だから、背中を向けたまま、彼女の言葉を受け止めて、咀嚼した。

「――リベンジだ」

ずっと思っていたこと。この言葉に嘘《うそ》は無かったけれど、でも、心が痛くなった。

タバコを吸いすぎたせいだ。うん、きっとそう。だから灰皿に押しつけて、腕時計に視線を逃した。昼の1時前。

「ご馳走様《ちそうさま》。マスター会計を」

「はいよ」

席を立って、ポケットにしまっていた使い古しの長財布を取り出す。開いて千円札と小銭があるかをその場で確認していると、背中に何かが当たった。

「ねぇ」

二度目だ。となれば、この感触は彼女の綺麗な細い指。挨拶も無しに帰ろうとしているのが嫌なのだろうか。それなら、これからしようと思っていたのに。せっかちな子だな、なんて。

振り返ると、彼女はそこに居た。

「あーん」

フォークに刺さった小さめのパンケーキを、俺の口に差し出してきた。声を出す間もなく、俺はただそれを受け入れる。あまりにも唐突だったから、恥じらいとか何も無い。

でも、口の中で溶けてしまってからソレは来た。

「……へっ」

「美味《おい》しいでしょ？」

顔から火が出そうになるとは、このことだ。頬《ほお》も、耳も、手のひらでさえ、真っ赤に染まっていくのが分かる。

この歳《とし》になって、女の子からの「あーん」でこんなことになるなんて、誰が思うか。落ち着いていた心臓は、フル回転で俺の体に血を巡らせている。

どうしようもなくなって、彼女に挨拶もせず会計だけ済ませて店を飛び出した。冬の空気に当たってても、火照りは冷めそうにない。

アイドルとして見ていた彼女。それがあの瞬間だけは、ひとりの女の子として映った。

いや、映ってしまったと言うべきだ。

……ダメだ。こんなんじゃダメなんだ。

とにかく今は、もう一度タバコを吸いたい。吸って、あのパンケーキの味を忘れてしまいたい。

――ただ、それは確かに。

タバコの味を掻《か》き消すほどに甘くて。同時に――。

いつかの青春のように、酸っぱくもあった。

☆　★　☆　★

どうかしていたと思う。

自分のことばかりを考えて、大切であるはずのファンを巻き込んでしまう。そんな愚かな行為を思い返しては、今でも胸が痛む。

タバコの匂いが染み付いたこの空間は、そんな自分を脱ぎ捨てるのにピッタリな気がした。ポスターのモデルにと声を掛けてくれたあの日から、ずっと気になっていた場所。いつか一人で来ようと思っていたところに、彼は居た。

「意外に大胆だね、君も」

「……そう、ですね」

彼と仲良く話していたマスターが声を掛けてくる。彼が店を出て行ったから、残されたのは食べかけのパンケーキと、飲みかけのコーヒーと、私だけ。店内の老人たちは、私たちに興味すら示していない。

大胆だと言われた。確かにその通りだと思う。男の人にあんなことをしたこともないし、しようと思ったこともない。ただ少しだけ、揶揄いたくなっただけ。

それだけなのに、チクリと胸が痛む。何も言わずに、恥ずかしそうな顔をして出て行った彼の顔を思い出すたびに、チクリと。

彼に差し出したフォークは私の手元にある。思えば、彼との出会いからこれまでは偶然の積み重ねもいいところだ。積み木なら、もうすぐに崩れ落ちてしまうほどに。

「替えのフォーク、置いとくね」

「ありがとうございます」

半分以上残っているコーヒーを顔に近づけると、苦味の中にある爽やかさが鼻を抜けた。口付けて、舌の上に広がる暗くて染みる苦味。紅茶よりもコーヒー派。アイドル時代から「意外だね」と言われることも多かった。

マスターがフォークを持ってきてくれたから、私の手元にあるソレは2本に増えた。持ってきてくれただけで、下げることを忘れたらしい。

椅子にもたれて、窓の外を眺める。

昼間の都会は忙《せわ》しなく人の流れがある。見ているだけで酔っちゃいそうになるぐらい。だけど、目に映る全ての人たちには生活があって、大切な人だって存在するかもしれない。そうやってこの世界は創り上げられてきた。

誰かの幸せになっていたことも、彼と出会ってから実感するようになった。サクラロマンス時代は、今ほど心の余裕が無かったから。

そんな私は、もう一度だけ挑戦しようと決心した。アイドルとして、再びあの世界に戻る。

「コーヒー、淹《い》れ直そうか？」

「えっ？」

突然そんなことを言われたから、つい顔をカウンターの方に向けた。マスターが私のことを見つめていて、その視線はすごく優しいモノだった。

「眉間に皺《しわ》寄せちゃって」

「あはは……気が抜けて」

「いいっていいって。アイツの前だとそんな顔出来ないもんね」

その言葉の意味は分からないけれど、ひどい顔をしていたみたい。不思議と恥ずかしさは無かった。この人は何というか、女の人の扱い方がすごく上手な人。昔はすごくモテたんだろうなと直感が言う。

「あの……カウンターに移動してもいいですか？」

「ええ、もちろん。長居してもらって構いませんよ」

ガラリとした店内を見ながら、マスターは自嘲気味に笑った。

目の前でタバコを吸っている人が居なくなったから、別にこの席じゃなくても良い。カウンターだったら、マスターが話し相手になってくれるだろうし。

コーヒーとミニパンケーキのお皿を移動させて、さっきまで彼が座っていた席に腰を落とした。微《かす》かに残っているタバコの匂いが私の体の中に染み込んでいく。

「はい、おかわりコーヒー」

「あれ、注文してないんですけど……？」

「奢《おご》り。僕のね」

茶目《ちゃめ》っ気《け》たっぷりにウインクされた。白髪が良く似合う人だけど、可愛《かわい》らしい。いくつぐらいの人だろう。多分、本当の歳より若々しい。なんとなくそれは分かる。

マスターはフォークが2本あることに気づいて、彼に使ったモノをここでようやく下げてくれた。別に邪魔じゃなかったから、このままでも良かったケド。

2杯目のコーヒーから上がる湯気。良い香り。詳しいことは知らないけど、喫茶店のコーヒーってどうしてこんなに落ち着く匂いなんだろ。

「新木さんは、よくここに来るんですか？」

コーヒーの苦味が残る口で、思わず問いかけてしまった。ここに来た時には、少し休んで帰ろうかと思っていたのに。彼に遭遇してしまって、そんな興味が湧いてきた。

「かれこれ10年ぐらいの付き合いになるね」

「へぇ！　常連さんなんですね」

「他に行くとこも無いのかねぇ。ま、アイツに聞けば『タバコが気軽に吸えるから』って答えるよ」

簡単に想像出来た。笑いながら、いかにも喫煙者の発想をぶつけてくる彼の姿が。可笑しくて、僅かに口角が上がってしまった。

マスターと目が合ったから、この緩みを誤魔化《ごまか》すようにコーヒーを口にする。少し落ち着いた。

「新木さんってどんな人です？」

「それは君の方が」

「私は……そうでも」

もちろん、知らないという意味じゃない。だけど、知り合ってからの時間が違いすぎる。

「まぁ、ああ見えてしっかり者。仕事も出来るみたいだし。よく愚痴を聞かされるけどね」

「ふふっ。なんとなく分かります」

仕事が出来るのは知っている。ポスター起用で彼と付き合いがあるから。色々なスタッフさんと淀《よど》みなく連絡を取り合ってくれたおかげで、撮影もスムーズに進んだ。多分、芸能界でスタッフとして働いても出世するタイプだと思う。

「そうそう。君の話もよく聞いていたよ」

「……私の？」

「アイツ、君のオタクだったろ。それで」

マスターは私のことを知っているかな。店に入ってきた時は、初めて見たような接し方だったけど。まあいいや。話も気になるし。

「どんなことを？」

「とにかくベタ褒めだよ。世界で一番可愛いって」

う。

人伝《ひとづて》に聞くと嬉《うれ》しさよりも恥ずかしさが勝る。多分、私に限らず多くの人がそうだと思う。

その分、恥ずかしさが引いた時に現れる嬉しさはひとしお。手元で口を隠さないとニヤけているのがバレてしまうぐらいには。

「気になるかい？」

その問いかけの意味が理解出来なくて、首を傾《かし》げた。マスターの表情を見ても、イマイチ分からない。

今のままその問いに答えるなら「気になる」だ。でもそれは、彼の質問の中身のことで、決して本質ではない。

だからそう返答するのは違う気がした。ここは素直に「何がですか」と聞き返す。するとマスターは、僅かに口角を上げた。

「アイツのことが気になるか、ってことさ」

「……それは」

下手に答えるとあらぬ誤解を招くと思った。だから少し考えて、言葉を導き出す。

「友人として興味があったので」

ハッキリと言う必要がある。含みを持たせる理由は無いのだから。

「そう。てっきりデキてるのかと。あんなことをしたからさ」

「そ、それは……その」

「あはは。変なこと聞いて悪かったね」

彼は素直に引き下がった。もっと食らいついてくるかと思ったけど、そうでもない。さっきの行為が頭をよぎる度に、胸が鳴る。痛いぐらいに。

そんな私を尻目に、言葉を続けたのはマスターの方であった。

「ここだけの話、アイツも失恋したら落ち込むタイプなんだよ」

「失恋……」

「そう。真面目な奴《やつ》だから」

彼の過去を深掘りするつもりは無かった。気にはなるけど、どんな人か知ることが出来ればそれで良かった。

私がサクラロマンスというアイドルグループに所属していたように、彼もまた人並みに生きて、恋をして、涙していた。

握手会に来ていた彼しか知らなかった私にとって、ひどく違和感のある情報でしかない。けれど、この人が言うのだから事実なのだろう。

今だって、誰かと付き合っていても不思議じゃない年齢。むしろ、もう結婚していてもおかしくない。

少し苦しい。息が、胸が。

アイドルに戻る不安とは違う痛みがゆっくりと全身に広がっていく。

私が差し出したパンケーキを、口に入れて見せたあの顔は、どんな感情だったのだろう。

問いただしたくなっても、彼はもう居ない。きっと仕事に戻ってしまった。

気になる。何を思ったのか。そして——私自身がどうしてあんなことをしたのか。

視線を落とすと、食べかけのパンケーキがある。もう冷めてしまっているけど、ご馳走《ちそう》になったから、残すわけにはいかない。

フォークに刺して、それを口に運ぶ。甘い。甘い。知っている味。それなのに。

少しだけ、タバコの味がした。してやられたと思って、会計を済ませ店を出る。恥ずかしさを誤魔化したところで、口に残る彼の味。

少し振り返る。寂れた看板に「喫茶・スウィート」の文字が掠《かす》れている。モダンな外観が醸し出す雰囲気そのままに、店内もすごく良い空気が流れていた。

冬の冷気が体を刺激する。コートを羽織っているとはいえ、ジッと立っているのは辛《つら》い。看板に想《おも》いを馳《は》せるのをやめて、そのまま歩き始めた。

スーツを着たサラリーマンも多い。彼もその中の一人だと思うと、この世界は彼らに支えられていると言っても過言じゃない。

「あら、奇遇ね」

私の目の前から歩いてきた女性に声を掛けられた。その人は黒のレザーコートに黒のキャップを被《かぶ》っていて、とても個性的な印象を受けた。そう、あの日のように。

「夏菜子さん。偶然ですね」

「お買い物かしら？」

「街ブラ中で。今から帰ろうかなって」

「そう」

宮夏菜子。金髪ショートカットがよく似合うカッコいい女性だ。その正体は、芸能事務所・ゴールドコイン・プロダクションの社長。そしてなにより、私をスカウトしてきた張本人である。

お洒落《しゃれ》な街を歩いていても様になる雰囲気とルックス。あのマスターのように、昔はさぞモテたんだろうと思う。

「夏菜子さんはこれから何を？」

「あなたに関わるちょっとした仕事」

「私に？」

「ええ」

そもそも、夏菜子さんの顔には見覚えがあった。ポスター撮影の時もそうだったし、サクラロマンス時代から何度か私たちのスタイリストとして現場入りしていたから。

だから、芸能事務所の社長だって言われた時は本当に驚いた。正直、嘘《うそ》じゃないかって疑った。でも法務局に問い合わせたらちゃんと法人登記されていて、杞憂《きゆう》に終わった。

「明日、事務所に来てくれる？　給与振込用の口座と、銀行印も忘れないでね。そこで正式に契約書とか取りまとめるから」

「分かりました」

何度か一緒に仕事をしたことがあるから、この人は信用できると思う。見た目だけで言えば、確かに胡散臭《うさんくさ》いと疑われても仕方がないのが本音。けれど、私を騙《だま》して夏菜子さんに何の得も無い。

むしろこんな事故物件を、もう一度アイドルとして売り出そうとしてる時点で、頭のネジが外れている。彼女の厚意を無下にするようで申し訳ないのだけれど、私はそういうことをしてしまったのだ。

「いてっ」

彼女の細い指が、私の額を叩《たた》いた。痛くないけれど、反射的にそんな言葉が漏《も》れる。

「顔に出てる」

「ご、ごめんなさい」

「ふふっ。いいの。謝らないで」

私が何を思っているかまでは聞いてこなかった。夏菜子さんにそう言われるなんて、自分でもどんな顔をしていたのか気になる。

行き交う人も多いから、私たちは無意識に建物側へ寄って話をしていた。どこかの店でゆっくり話したいと思ったけれど、夏菜子さんは仕事だからそれは難しい。

「ねぇ、ミーナちゃん」

視線を行き交う人たちにやっていたら、名前を呼ばれた。

「あの人に会った？」

あまりにも抽象的な言い方だった。けれど、私にはその言葉の真意がよく分かる。あの人というのは——紛れもなく彼のことである。

二人にどんな接点があるのかは知らないけど、少なくとも夏菜子さんは週刊誌に載っていた男の人が新木さんだということは理解していた。業界人ならそのぐらいの情報を押さえていても不思議じゃない。

「どうしてです？」

あえて否定も肯定もしない。ここでその結論を出してしまうと、彼女の本心が読み解けないと思ったから。でもこの回答も、傍《はた》から見たら「会った」と言ってるようなモノだった。

「ううん。なんとなく。あの時と同じような顔をしていたから」

「あの時？」

「そう。覚えてない？」

　彼女と会ったのは一度きりじゃないから、記憶を辿《たど》るしかない。思い当たる節は無くて、つい首を傾げる。すると夏菜子さんは、溢《あふ》れる感情を堪《こら》えきれずにクスッと笑った。

「ミーナちゃんって、感情が出やすい子よ。時にはポーカーフェイスも大切なの」

「は、はあ……」

　彼女の危惧することも分かる。アイドルにとって、熱愛疑惑というのは致命的なスキャンダル。私はそれを狙って彼を利用しただけに過ぎない。

　その張本人が、アイドルに戻るきっかけを与えてくれるなんて誰が思っただろう。この歪《いびつ》な関係性は、あまりにも爆弾。だから、これっきりにしてしまわないと大きな弊害になるのは目に見えて明らかだった。

　でも――彼は恩人でもあるのだ。

　一方的に利用してしまったのに、彼はそれを許してくれて、かつ今の私に足掛かりをくれた。そんな彼のことを切り離すなんて、私には出来ない。

「……私は、本当にアイドルとしてやっていけるのでしょうか」

「あら、悩みは吹っ切れたと思ってたけど」

　吹っ切れたつもりだった。だけど少し考えると、こうして弱音となって言の葉になる。ただこうして聞いてくれる人が居るだけで、心の負担はだいぶ軽くなる。

「彼は何と言っていたの？」

思い返す。記憶を辿る。

答えはたくさん出てきた。それだけ優しい言葉を掛けてくれていたから。その中で、あの年末のことをピックアップする。

「──少なくとも、俺はトキメクって」

「へぇ」

夏菜子さんのニヤついた声に、ハッとした。カマをかけられたと気づいた時にはもう遅い。口元を手で隠そうが、言い訳を考えようが、言い逃れ出来ないと察してしまって。

「こっ、これはその……」

「もうっ。彼もキザなことを言うわね」

そうは言うけれど、夏菜子さんは呆《あき》れたような、揶揄《からか》っているような声だった。

別に交際しているわけじゃないから、二人で会おうが何の支障はない。表面上は。それを面白おかしく週刊誌が取り上げるのを知っているから、彼女は私たちのことを探ってくる。

「ま、彼の言うことも間違いじゃない。そういう意味で新木君は見る目あるわね」

夏菜子さんも、私のことをすごく買ってくれている。スカウトされたあの雨の日も、彼と同じようなことを言ってくれたのを覚えている。

切なくて、心まで濡《ぬ》れてしまいそうになったあの雨の夜に、彼は自分の手で私の心を晴れやかにしてくれたから。

「それじゃ、私行くわね」

「あ、ごめんなさい。お仕事中だったのに」

「いいの。またミーナちゃんのことを一つ知れたから」

揶揄われていると思ったけど、もう何も言わなかった。イタチごっこになると思ったから、ここはグッと反論したくなる気持ちを飲み込んだ。

「そうそう」

人波に乗ろうとしたまさにその寸前。夏菜子さんは振り返って、私の顔を見つめた。何かを思い出したかのような表情をしている。

「タバコの匂いは、意外としつこいの」

「えっ？」

「入念に消臭しないとダメよ。それか、匂いが付いてもいい服装をしなさい。そういうところに行くのなら」

「それじゃまた明日ね」彼女はそのまま人波に飲まれていった。そう言われたから、思わず着ているコートをクンクン嗅いでしまう。

確かに洗剤の匂いよりは焦げた感じの印象を受ける。非喫煙者だけど、全く気にしてなかった。アイドルになるのなら、意識しないと。イメージが大切な職業だから。

まぁ、私が言えた口ではないけど。

「……さむい。帰ろ」

その前に晩御飯の買い出しもしないと。今日はもう家から出ないように。あったかい鍋でもしようかな。一人だけど。いや、一人だから。

寒空の下で話していたせいか、ぬくもりを感じたい本能が囁《ささや》く。辛くて汗をかいてしまうぐらいの、ぬくもりが欲しい。

あ、そうだ。消臭スプレーも買わないと。ちょうど切れてたような気がする。まあ家に置いておく分には良いし、うん。買おう。

でも、そうしたらこの焦げた匂いは消えてしまうのかな。彼のタバコの匂いが、唇に付いたあの味すらも、明日の朝には居なくなっているのだろうか。

また行こう。そうすれば、きっとこの鼓動は落ち着くはず。この紅潮は、桃色のチークを付けたせいでそう見えるだけだもの。

☆　★　☆　★

芸能事務所・ゴールドコイン・プロダクションの事務所は、マンションの一室を使ったこぢんまりとしたモノだった。完全な住宅街にそびえ立つ築15年の賃貸マンション。駅から少し歩く。

家賃は意外と安いのよ、と夏菜子さんはコーヒーを差し出してきながら笑った。リビングにある年季の入ったテーブル。その椅子に腰掛けて、部屋を眺めた。

2LDKの良い部屋だ。一人で居るには、少し広すぎるぐらいに。

「これが契約書。ここに署名と印鑑を」

「……………」

懐かしい。前の事務所と契約した時もこんな感じだった。広島から一人上京してきて、ショッピングモール内の洋服屋でバイトしながらようやく掴《つか》んだ夢へのチケット。あの頃はとにかく、希望に満ち溢れていた。

その切符を、自ら手放すことになるとは夢にも思わなかった。

「ミーナちゃん」

「は、はいっ！」

思い返していたせいで、つい声が大きくなった。夏菜子さんはそんな私を見て、一旦ペンを放すように言う。

「最後に聞くけど、本当にいいのね」

「えっ……？」

「ここでサインをすると、あなたはもう専属のタレント。私は本格的に売り出すために走る。そうなったら、勝手に辞めることは許されない」

私のような前科者。本来なら声を掛けることすらしないと思う。だって、一度逃げた人間は繰り返すから。アイドルに限らず、どんなことでもそう。逃げ癖が付いてしまって、ダメージをモロに受けるのは雇い主。それが芸能界。

「その覚悟は……ある？」

彼女は決して、脅しているわけではない。アイドルになる上でごく当たり前のことを言っているだけ。

なのに脅しに聞こえてしまうのは……私の覚悟が足りないからだと痛感した。逃げ出すなら今だと、本能が言っている。

「あの……一つ聞いてもいいですか」

「もちろん。なに？」

思考を落ち着かせるために、間を置くことにした。私としても気になっていたことはある。それは単純にして、最大の疑問。

「他に所属しているタレントさんって……居るんですか」

頭の片隅にあった疑念は、事務所に来てみて確信に変わろうとしていた。芸能事務所にしては、あまりにも小さくて地味。あちこちに書類が挟まっているファイルが置いてあるわけでもない。

まるで……それは自宅のようにすら見えるのだ。夏菜子さんは少しだけ微笑《ほほえ》んで、一言だけ。

「いいえ」

小さく首を横に振る。彼女に声を掛けられて、芸能事務所の社長だと知ってからの違和感。それがようやく、点と点で繋《つな》がった。

ゴールドコイン・プロダクションは、言ってしまえば生まれたての存在。設立して間もない事務所。

あの雨の日、そんなことを言われた気がしたけど、私の意識は彼女になくて、直前まで話していた彼のことばかりを――。

「前にも言ったけど、私はあなたを売り出したいの。アイドルではなくて、山元美依奈っていう女の子を」

「……買い被《かぶ》りすぎです」

あぁそうだ。この言葉もあの日に聞いた気がする。浮き立っていたから、細かい話の内容まで忘れていたけれど、言われて記憶の底に眠っていたカケラが浮かび上がってくる。

夏菜子さんはフリーのスタイリストで、私をアイドルとして売り出したくて事務所を立ち上げた。こんな大切なことを忘れていたのは、頭の中にそれ以上の何かがあったから。

「私にそれが出来るんでしょうか」

「出来るじゃないの。するの。私……いいえ。私たちが」

「夏菜子さん、たち……？」

「ええ」

ゴールドコイン・プロダクションは社長の夏菜子さんだけで、従業員は居ない。けれど、所属するタレントが私一人なら何とかならないこともない。

プロモーションから現場入りまで、全て一人でこなすのは無理があるけど、そこは彼女にも色々と考えがあるはず。

「あなたには、それだけの魅力がある。彼もゾッコンじゃない」

「あ、新木さんは別にそんなんじゃ……」

思わず否定してしまったけど、夏菜子さんは彼のことをどう思っているのだろう。いえ、どんな目で見ているだろうか。

邪魔者と考えているのなら、少し毒が足りない気もする。あんまり悪い印象は抱いていないのかな。彼に対しては、本心がよく分からない。

「ねぇミーナちゃん。あなたは、どんなアイドルになりたい？」

そんなことを聞かれた。かつてアイドルを目指したあの頃の感情を思い出そうとするけど、真っ先に出てきたのは、そうじゃなくて。

「……サクラロマンスの時は、とにかく沢山の人に歌と踊りを見てもらって、それで――」

「それで？」

言葉に詰まってしまった。その理由は、すごく単純なもの。

「メンバーを引っ張らなきゃって……」

本心。心の中に閉じ込めていた感情。それを初めて誰かに打ち明けた。

アイドルとして、ファンのことを見ていなかったと心が痛む。でも、私より年下の子たちの手を放すわけにもいかなかった。ネットの声であの子たちの悪口を見るたびに心が苦しくなって、何とか見返してやりたくて指導だってしてた。

心ない声は、本当に人の心臓を止めてしまうだけの力がある。メンバーのことは大切にしていた。彼女たちに寄り添いすぎるほどに。

その結果、私の心が壊れてしまった。

歌、ダンス、その全てが嫌になって、ヤケにやって。ファンである彼を巻き込んだ。

「ミーナちゃん」

夏菜子さんの手が、私の手を包んだ。無意識のうちに震えていたせいで、その温かみがよく分かる。

「あなたは優しい子よ。でも、それが心を苦しめているって分かっていた」

「え……」

「だから、何にも縛られなくていいの。一人で、あなた自身の魅力を存分に発揮して欲しい」

優しい声だった。胸が溶けていくぐらいに、温かくて、穏やかで、感情の波が収まっていく。

アイドルグループに向いていない——。前の事務所を辞める時に、嫌味《いやみ》でそう言われたことを思い出した。そもそもグループとして売り出したのは彼らなのに、辞めて行く私にそんなことを言うなんて、余程イラついていたんだろうな。

夏菜子さんも、同じようなことを言ったのに。比べ物にならないぐらい優しくて、前向きな捉え方をしてくれて。

「来てもらったところ悪いけど、もう1日、考えてみて」

「え、で、でも……」

彼女は遠慮する私を優しく諭した。今のあなたは、意志が揺らいでるからと。

情けない話である。彼の前で自分の意志をハッキリと認識したつもりだったのに、いざ目の前にすると怖気付《おじけづ》いてしまった。

「大丈夫。待つから。あなたのためだもの」

年が明けたから、私は今年28歳になる。アイドルとしては、正直厳しい年齢。彼は気にしないと言ってくれたけど、世間的に見たら痛々しくもある。

夏菜子さんとしても、出来るだけ早くコトを進めたいはず。もしデビュー曲をリリースするとしても、今から準備して今年中に出せるかどうか。曲を出すにしても、レーベルとも契約しなきゃいけないし、まずクリエイターを見つける必要もある。やることは山積みである。

「夏菜子さん……」

「大丈夫。大丈夫よ」

夕陽《ゆうひ》が部屋に差し込んでいるせいか、少しだけ空気が暖かい。いや、この正体は空ではなくて、目の前のこの人だ。

私を包み込んでくれる、まさに母親のようだった。しばらく帰省していないから、久々に両親の顔を見たくなった。

心が少し落ち着いたから、夏菜子さんに促されるままに席を立って事務所を出た。マンションの少し古びたエレベーターを使って地上に出る。

道路は夕焼け色に染まっていて、堪《こら》えていたのに泣きたくなる。泣きたくなると――彼に会いたくなる。

☆　★　☆　★

晩ご飯にはちょっと早い時間である。もう少ししたら太陽が沈んで空は闇に包まれる。そんな都会の人混みを抜けて、俺はいつもの喫茶店に足を運んでいた。理由は一つ。山元さんと話すためである。彼女いわく、聞いてほしいことがあるという。

店に入った瞬間、タバコの匂いが鼻を抜ける。換気、消臭はしっかりしているみたいだが、やはり匂いはしつこい。壁や天井にこびりついている。俺以外に客が居ないのにそこまで感じるのだ。この店の年季というか、歴史を感じるな。

2日連続で来たせいか、マスターは俺の顔を見るなり、分かりやすくニヤついた。

「よお。恋人はまだ来てないよ」

「そんなんじゃないって……」

茶化《ちゃか》しやがって。俺としても返答に困る。

不機嫌そうな顔を取り繕って、カウンターに腰掛ける。「テーブルじゃなくていいの？」とマスターが聞いてきたが、何も考えてなかったとは言えなかった。

完全にいつもの癖だ。何も考えず、とりあえず座ってからすぐタバコを吸おうとばかり考えているせいで。

けれど、いま彼女と向かい合うのは少し気が引ける。理由はすごく単純で、まともに顔を合わせると上手《うま》く話せないから。きっと。だからカウンターでいいんだ。タバコに火を付けて、全身に細かくなった煙が行き渡る。

「相変わらず寂れてるなぁ」

「うるせ。人が少ない方が都合良いだろう？」

「……んまぁ」

この日、想定通りに人はいなかった。というのも、来る前に店へ電話したのだ。行って休みだったとなるのも嫌だったし。

第一、ここの固定電話に掛けようと思ったことすらない。そりゃあ、マスターは勘繰るに決まっている。

俺としては、そう思われても仕方がないと割り切っただけだ。あくまでも、彼女が聞いてほしいことを聞くという大義名分がある。お互いが知っている店の方が落ち着いて話せるはずだ。

ベルが鳴る。カランと響いて夕焼けの終わり。タバコを片手に横目で入り口を見た。

ふわりと舞うグレーのロングスカート。緑色のアウターの下は白のニットセーター。いずれも無地のシンプルなコーディネートだけど、それを綺麗《きれい》に着こなしていた。

タバコの匂いが染み込んだこの空間に、彼女はあの日のように、桃色の香りを連れてきた。どんな匂いにも負けないぐらいに甘くて、胸が高鳴る想《おも》いを連れて。

「こんにちは。マスター」

「いらっしゃい」

なんだよ。心の中で絶賛したのにさ。

俺じゃなくて、先にこの人に挨拶するなんて。切ないな。悔しいからタバコを思い切り吸って、思い切り煙を吐《は》いた。彼女の方に行かないように顔を逸《そ》らして。

「あれ、拗《す》ねてる？」

それなのに、君は随分と余裕ぶっている。ムカつく。俺の隣にやって来て、顔を覗《のぞ》き込もうとしてきたから、咄嗟《とっさ》にタバコの火を消した。

「煙吐いてただけだよ。君に気を遣ってね」

「へぇ」

心の中を見透かしているような視線。尖《とが》っているわけではなくて、丸っこくて優しい目線だ。ジッと見られても、ソレを受け入れてしまうぐらいの揺らぎはある。

一つ席を飛ばして座った彼女は、暖房が効いているからアウターを脱いで隣の席に丁寧《ていねい》に置いている。白のニットセーターにグレーのロングスカート。

少し地味な印象だが、足元に視線を落とすと桃色のスニーカーを履いている。なんというか、色の使い方が物凄《ものすご》く上手な子だな。

「ど、どうしたの？」

「いや、お洒落《しゃれ》だなって」

そんな俺はファッションに疎い。とんでもなく。安くて長持ちするのが理想だが、生憎《あいにく》それを両立するのは現実的じゃないと分かっている。だから俺は安さを取るわけだ。

今日だって、コートの下は適当にパーカーとジーンズを組み合わせた大学生スタイル。下はずっとこれを穿《は》いているし、上だけ変えれば何とかなる。というより、誰もそんなことを気にしていないだろう。

「あ、ありがと……」

そんなに照れることでもないだろう、と言えばきっとまた怒る。流石《さすが》にデリカシーが無いと悟ったから、言葉を飲み込んでマスターと目を合わせた。

「ご注文は？」

わざわざため息を吐《つ》きながら問いかけてきた。呆《あき》れているらしい。なら客の会話を聞くなっての。

「やっぱカレーとコーヒーかな……」

かなり久々にメニューを開いて眺めてみるが、自然とそんな言葉が漏《も》れた。サンドウィッチとか食べることもあるけど、その腹ではない。ご飯系で言うとカレーしかない。

「なら私もそれにしようかな。お願いしますマスター」

「はいよ。コーヒーは食後で？」

「それで」

マスターが厨房《ちゅうぼう》の方に消えていく。これで完全に二人きりになったわけだが、あらかじめコーヒーを頼んでいたわけではない。すごく手の置き場に困る。手持ち無沙汰感と言うべきか。

「……あのね」

「うん」

お冷を一口飲んだ俺に、彼女は優しい声を掛けてきた。申し訳なさそうな声色だったけれど、いつも通りにしてくれていいのに。

けれど、俺が思っていた以上に山元さんは——吹っ切れた表情をしていた。

「契約しようと思う。夏菜子さんの事務所と」

店内に流れていたジャズがその瞬間だけ、止まったような感覚がした。ほんの一瞬。気のせいだろうと思うには、少し気持ちが悪いぐらい。

「第一歩じゃん。おめでとう」

チクリと胸が痛む。全身に広がる前に咳払《せきばら》いをして体を誤魔化《ごまか》した。お祝いの言葉を投げかけているのに、どうして自分がこんなにパッとしないのか。よく分からない。

例えるならそう、霧の中で彼女に叫んでいるような、そんな先の見えない暗闇の中で。

「うん。ありがとう」

ふわつく。こっちからの言葉は届いていない気分なのに、彼女からの声はよく響く。それがこの子の本心かどうかは分からないけれど、確かに山元美依奈の心は俺の隣にある。

でもそれは、俺が想像していたモノよりもどこか苦しくて、寂し気で。どうして泣きそうなの？　なんて問いかけてしまいそうな色をしていた。

「ならこうやって会う機会も減るね」

「……」

「寂しいけど……仕方がない」

スキャンダル未遂の彼女が芸能界に復帰したとなれば、きっと標的になる。それに、ネットの声は俺たちが思っている以上に刃《やいば》を突きつけてくるかもしれない。

宮夏菜子の言う通り、俺が彼女に会っていればあらぬ噂《うわさ》を立てられる可能性も高い。火のない所に煙は立たない。それが今の芸能界。一度出回った噂という火種は、いつか世間を燃え上がらせる。

今日が最後になることだってあり得る。もしかしたら、そのことを告げるために誘ったのかもしれないし。

胸が痛もうが、締め付けられるように苦しくなろうが、関係なかった。関係ないと思い込むようにしていた。そうしないと、いま彼女の手を握って引き止めてしまいそうになるから。

そんなのは、違うよな。彼女がやりたいことを邪魔するのは違う。だから——。

「もう会わないなんて——言わないで」

でも、彼女はそう言った。

☆　★　☆　★

「言えないよ。そんなこと」

彼はそう言った。

本当に？——たったそれだけの言葉なのに、問いかけるのに怖気付《おじけづ》いた。芸能界に戻る決意をしたのに、また私の心を置き去りにする。個人的な問題であるのは分かるけど、つくづく彼の感情や存在に振り回されていると感じる。

服装のことを褒めてきた時点で、いつもとは少し違うと思っていた。

それを言ったら私もそうなのかもしれない。この浮き立った感触と彼の引力に逆らえない感覚。そして——自分自身の殻が破れてしまいそうな。

大きな一歩を踏み出そうとした事実。夏菜子さんの事務所所属タレントとして、本格的に。

これまでの私は、無職と言っても過言ではない。彼の会社にポスター起用されたのが唯一と言っていい仕事。それ以外の収入は無かったのだから、とりあえずはこのタイミングがギリギリのラインだっただろう。

まずは鈍《なま》った体を起こすためにレッスンから。彼女の知り合いに良いトレーナーが居るらしいから、その人にお世話になるつもり。だから彼の言う通り、物理的に考えて会える機会は減る。

だから否定するつもりなんて無かった。彼と同じで、それは仕方がないことだと頭では理解できていたから。

——けれど。私の心はそれを許そうとしなかった。

だから本心が零《こぼ》れてしまった。でも、いまここでそれを告げてしまったら、きっと彼はまた頭を捻《ひね》って考えてくれる。

それを知っているから、ひどく申し訳ない気持ちになった。同時に、溢《あふ》れた言葉への後悔は私の胸の中を荒らしていく。

苦しい。けれどそれは、きっと彼も同じなはず。そうであって欲しいと願うのは、私のワガママでしかない。

「——なんちゃってっ」

彼の横顔を見ると、すごく胸が熱くなった。私の言葉を真に受けて、とても真剣な表情をしている。必死に照れ隠しをしているそんな彼が、ちょっと可愛《かわい》くて。つい揶揄《からか》いたくなった。

「嘘《うそ》なの？」

でも——彼はそんな私のことを揶揄ってきた。ムッとした表情を見せようと思ったのに、瞳がぶつかり合ってそんな余裕は消え失《う》せた。

「……う、嘘じゃないケド」

「大人を揶揄っちゃいけないよ」

私だって大人なのに。でも彼は、誇らしげにそう言う。私の5つ上だからと言って。あなたも子どもっぽいところがあるよ、とは言わなかった。イタチごっこをする気にはなれなかったから。

店内に染み付いたタバコの匂い。そういえば、夏菜子さんから言われたっけ。染み付くから、匂いうつりしてもいい服で行きなさいって。

そんな言葉、すっかり頭から抜け落ちていた。とびきりのお洒落をして、彼の前にやってきてしまった。別に別れ話をするわけでもないのに、こんなとびきりのお洒落を。

それを彼は褒めてくれた。たった一言だけだったけど、それが私の胸の中に堂々と居座っている。

「でもまぁ、うん」

独り言。私に聞こえている時点で、それは違うのに。彼はそれを分かっていない。勝手に納得されても、私はきっと納得しない。だからあなたは、そうやって一人で先を行く。

「どうしたの？」

追撃があると思っていなかったのか、彼は狼狽《うろた》えた。目に見えて分かりやすく。

「別になんでもないよ」

「嘘つき」

心のどこかで、そう言われると思っていたから食い気味に返事をした。すると彼は、少しムッとして私の目を見る。そうしたいのはこちらの方なのに。

「なんで決めつけるのさ」

「違うの？」

「あぁもちろん」

「ふーん……」

シラを切る彼にムカついたから、交換条件を突きつけてみることにした。あえて視線を外して。彼の胸の内を覗《のぞ》かないように。

「私と居る間、タバコ吸っちゃダメだから」

「……な、なぜ」

「今の言葉が嘘だと認めるなら、吸ってもいいよ」

「えぇ……」

そのリアクションは最早《もはや》嘘だと認めたも同然だ。この人に限った話じゃないかもしれないけど「タバコを吸うな」と言われたらきっと吸いたくなる。

「そもそも、なるべく君の前では吸わないようにしてたんだけど」

「けど？」

「なんだろうな。この気持ち」

うーん。モヤモヤが残る言い回し。

それに昨日、遠慮しないでと伝えたばかりなのに。世間の女性に比べて、タバコの匂いに嫌悪感を感じていないから、そんなの要らぬ優しさ。

「――しばらくは会わない方が良い」

その声は直接私の心に刺さった。

ちょうど、ＢＧＭが切り替わるタイミングだったから、静寂を切り裂くには、十分過ぎるほどの声で。

私が「嘘つき」とか言ったから、彼はきっと。一言多い自分が、こんなにもムカついたのはいつ以来だろう。

「傷ついている君を見たくない。完全に俺のワガママだよ」

「……へ、へぇ。そっか」

彼のソレは多分、というか絶対に優しさだ。私が活動していく中で、自身の存在が足枷《あしかせ》になる。新木さんじゃなくても、誰もがそう思ったはず。だから別に、彼のことを責めるつもりにはなれなかった。

けれど――ソレを優しさだと感じられない自分が居た。

本音かどうかも分からない。ただのその場凌《しの》ぎじゃないのか。だとしたら、どうして自分の気持ちを言ってくれないのか。

それもこれも、私が芸能界に戻るから。

根本にソレがあるから、彼はいつも一歩、二歩引いて私のことを見てくれていた。そこに、私は純粋な寂しさを覚えていたのかもしれない。自分でもよく分からない、どこを見て叫べば良いかも分からない、そんな寂しさ。

「ねぇ」

今の私は、どんな顔をしているのかな。すごく、すごく心が震えていて、それが声にまで波及しているのは分かる。

彼の前で泣きたくなかったから、必死に歯を食いしばって。ちょっとしたことで、すぐに崩壊してしまうであろう涙のダムを、全力で堰《せ》き止めて。

「芸能界に戻らなかったら、会ってた？」

こんなことになるのなら、未練なんて残してくるべきじゃなかった。嫌気が差し切るまで、サクラロマンスを走り切るべきだった。

そうすれば、彼にも会わずに済んだのに。こんなに苦しい思いをしなくて済んだのに。

「――会わなかったよ」

崩れていく。心が。感情が。何もかもが。

痛くて、もう何も考えられない。ただ、今の私にできることはたった一つだけで。

「…………ばかっ」

震える声でそう言った。でも、彼は何も言わなかった。いや、言えなかったのかもしれない。だって、新木さんの気持ちもよく分かるから。だから――この場に居るのが苦しくなった。

「ご、ごめん。急用、思い出しちゃった……」

「や、山元さん！」

彼にこんな顔を見られたくなかった。千円札だけ捨て置くみたいにして、体にかけた鞄《かばん》ごと飛び出した。寒空の下へ。この体をなげうつように。

タバコの匂いが体に纏《まと》わりつく。乾燥した空気がソレを助長している。店を飛び出した瞬間、彼の声が聞こえた気がしたけれど、足は止まろうとしなかった。

少し冷静になったのは、喫茶店からある程度離れたところまで来てから。人波を掻《か》き分けて、何も考えずにやって来た場所。

呼び止めるぐらいなら、追いかけて来て欲しい。そんな嫌な考え方しか出来ない自分が嫌い。

あんな風に店を飛び出したこと自体、生まれて初めてだ。よくドラマや小説でそんな場面を見ることもある。けど、深く考えたこともなかった。でも人間、本当に逃げ出すこともあるんだと考えて、思考は冬空の中に消えていく。

(あ、コート……)

どうりで寒いと思った。ニットセーターだけだと、どうしても凍えてしまう。周りの目が気になるわけじゃないけど、俯瞰《ふかん》して見ればきっと、この喧騒《けんそう》の中で浮いている。

取りにはもう、戻れない。カレーも食べる前に逃げてしまったから。あのお店、お気に入りだったのに。もう行けない。

「……………雪」

消えていく。何もかも。

彼のことを仕方のない犠牲だと、理解しようとする自分が嫌で嫌で、嫌で。

必死にソレを否定したいけど、どうにもならないほどに欲が出てくる。あのステージで光り輝きたいという私の欲が。天秤《てんびん》にかけたくないのに、どうしても。

5th

こころを抱いて

OSHI ni NETSUAI GIWAKU detakara kaisya yasunda

彼女と話してから1週間が経《た》った。

相変わらず寒い日が続くが、これまでの日常が戻ってきたような感じがして、どこか懐かしくもあり、虚《むな》しくもある。

結論から言って、これで良かったんだ。

あの子には夢を叶《かな》えてもらいたい。俺としても、もう一度光り輝く桃花愛未を見ていたいから。だから、あの日。俺は自分の心を強く突き放した。もう俺にそんな顔を見せるなと言わんばかりの顔をして。

「………暇だ」

ちょうど1週間だから、今日は土曜日。休日出勤もなく、ただ家で動く気の無い体を寝かしているだけの男。今は仕事をしている方が気が楽だ。だからこの1週間、平日が一瞬で終わった感覚である。

朝の9時過ぎ。ベッドに籠るのは嫌だったから、着替えてソファに横になっている。やっていることは変わらないが、気持ちの問題。こっちの方がまだ、動く気力を保てるから。

彼女はコートも着ないで、飛び出していった。追いかけようと思ったけど、そんな自分を押し殺してしまった。あの場面でそうすると、もう彼女のことを放したくなくなる。本能がそう言った。

マスターに彼女の分のカレーを食べさせたのも悪かった。胃もたれするとボヤいていたが、残さず食べてくれたのは自身が作ったモノだからだろう。

山元《やまもと》さんの忘れ物は、俺の手元にあった。マスターに保管しておいてもらいたかったが、彼は俺の提案を否定した。お前が責任を持って持ち帰れと。何も言えなくて、素直に従った。

俺の衣服しかないクローゼットに詰め込むのは気が引けて、寝室に置きっぱなしにしている。シワになると申し訳ないから、紙袋に入れることもしない。タバコの匂いがついていないか不安になるけれど、この家にある時点で避けられない気もする。

そもそも、彼女の私物が自分のテリトリーにある時点で可笑《おか》しな話なのである。

さすがにこのままにしておくわけにもいかない。早いところ返さないと、あのコートに顔を埋《うず》めるという変態的な未来しか見えない。

（でもなぁ……）

とにかく、会いづらい。ソレに尽きた。

この間は「会わない方がいい」なんて言って突き放したのに、こんな簡単に連絡をしていいものか。

いいや、流石《さすが》にきついな。ダサいというか、単純にどんな顔をして会えばいいか分からない。2、3日に1回ぐらいメッセージのやりとりもしていたが、この1週間はソレもない。完全に俺たちの関係が変わろうとしていた。

それに、あのマスター。完全に俺のことを揶揄《からか》ってる。忘れ物は店に置いておくのがセオリーだろう。彼女が取りに来るかもしれないし。

ただ、今週ほぼ毎日通ったが、彼から山元さんの話を聞かなかった。多分というか、ほぼ確実に来ていないのだろう。そりゃそうだよな。俺が居るかもしれないのに。

「あ……宮《みや》さんなら」

事務所に置かせてもらうことは出来ないだろうか。山元さんだって足を運ぶはず。それなら、持って帰ってもらうこともできるだろう。誰が持ってきたかまでは、宮さんも言わないだろうし。

体を起こして、寝室のクローゼットへ向かう。スーツの内ポケットから名刺入れを取り出して、彼女のソレを探す。最近は社外の人と会うことも減ったから、すぐに見つかった。

「……やっぱ携帯だよな」

事務所の固定電話もあったが、万が一ということもある。スマートフォンに電話した方が確実だ。別に嫌味《いやみ》を言われてもいい。このままの状況が嫌なのだ。

さっきまで居たベッドに座って、番号を打ち込む。呼び出し音はやけに長い気がしたけれど、それもやがて不機嫌そうな声に変わった。

『はい、宮ですが』

「あ、新木《あらき》です。すみませんいきなり」

周りの音は聞こえない。割と静かな空間に居るみたいだ。けれど忙しそうな雰囲気はある。芸能の仕事に土日もクソもないか。申し訳ないことをした。

でも俺と分かった瞬間、分かりやすくため息を吐《つ》く。一歩間違えればパワハラだよそれ。だけど慣れてる自分が居て、いよいよ危ないと思う。

『なーによ。嫌な予感しかしないわね』

「酷《ひど》い言い草ですね。そんな大したことじゃないんですけど」

『ほんとかしら?』

「ええ、ほんとですよ」

全く信じていないな。まぁいい。俺としてはとにかく届けてしまえばそれで良い。

「実は届け物を預かってて」

『届け物?　私に?』

「宮さんにというか、山元さんに」

ソレを聞いた彼女は懐疑的なリアクションをしたが、反論を許す前にこっちから仕掛けた。

「ほら、これからは気軽に会うわけにもいかないし。だから事務所に届けようと思って」

『……そもそもなんなの？　届け物って言うけど』

うん、彼女の私物だとは言えない。

「まぁ、なんでもいいじゃないですか」

『……怪しい。すっごく』

「と、とにかく、宮さんの言いつけを守るつもりで電話したんですが」

自分でも「何をいまさら」と思う。だがその言葉に偽りはないと信じている。だからスラスラと言葉が出てきてしまったわけで。

そんな俺と同じで、電話越しでも分かるぐらいに、宮さんは呆《あき》れていた。

『まぁなんでもいいや。分かった。今日来る？』

「そうしようかと。都合悪い時間ありますか？」

『今日は大丈夫。銀行窓口も休みだし、ずっと居るつもり』

となれば、俺の都合に合わせても問題なさそうだ。あまり遅くなるのも悪いから、無難に昼の2時ぐらいがちょうどいいか。

あ、いや――ひとつ聞くのを忘れていたことがある。それ次第で決めれば良い。

「そういえば、今日山元さんは？」

『レッスンに通わせてる。夕方までみっちりよ』

「そうですか」

となれば、昼の2時ぐらいで問題ないな。俺としては、いざ行ってみてバッティングするのだけは避けたい。夕方までレッスンなら、仮にその後事務所に来たとしても俺は居ない。うん、そうしよう。

『なに？　随分と嬉《うれ》しそうね』

「そ、そんなことないですって」

『……そ。で、何時ぐらいに来るの？』

「昼の2時ぐらいにお邪魔しますので」

一瞬ドキッとしたが、何とか誤魔化《ごまか》し切れたようだ。そのまま電話を終えて、空気が抜けた浮き輪のようにパタリとベッドに倒れた。

とにかく疲れた。宮さん、悪い人じゃないんだけど疲れるんだよな。相手の心の中を読み取っている声、視線。話していてめちゃくちゃ神経を使う。

アルコールが入ると、彼女独特の嫌らしさがなくなったりして。そう考えると、彼女が持つ普段のキツさを中和している状態なのかもしれない。

それにしても、レッスンかぁ。

山元美依奈《みいな》は、本格的にあの舞台に戻ろうと動き始めた。彼女のことだ。きっと僅かなブランクなんてすぐに振り払ってしまう。そして世間に見せつけるのだ。自身の才能と輝きを。

アイドルと呼ぶには年齢的にツラいかもしれない。けれど、キラキラしていれば年齢なんて関係ない。歌手にしても、何にしても。俺はただ、山元美依奈という可能性に期待せざるを得ないのだ。

カーテンを開けていたから、寝室にも暖かい日差しが差し込む。眩《まぶ》しすぎず、暗すぎず。このまま瞼《まぶた》を閉じてしまえば、昼過ぎまで眠れる自信がある。

彼女を傷つけた俺に、ファンを名乗る資格はあるのだろうか。あんなに突き放しておいて、俺はそう思い込んでも良いのだろうか。その答えは、きっと彼女だけにしか分からない。

なら、もう知る由はないな。悲しいけれど。

瞼が結ばれて、意識が落ちていく。虚《うつ》ろになっていく思考。その中で、微《かす》かに残ったのは心の中に閉じ込めたはずの感情であった。

あぁ、君に――。

☆　★　☆　★

インターホンを押して少し待つと、呆れた彼女の声が聞こえて、そのままの流れで自動ドアが開いた。芸能事務所を名乗るぐらいだから、オートロックは必須だな。

エレベーターに乗って、目的の階数で降りる。外観のわりに、内装は歴史を感じる。扉のすぐ横に設置されているボタンを押すと、すぐに彼女が出てきた。

「ようこそ」

貼り付けたような笑顔である。無論、それが本物の笑い顔であるなんて思ってもいない。

「なんでそんな嫌味っぽく言うんですかね……」

「そう？　無意識だったけど」

それなら、なおさらタチが悪いのだ。意図的にやってくれた方がまだ可愛《かわい》い。いや、ワガママを言うなら最初からそんなことをしないで欲しい。

まぁいいや。ここで押し問答をするつもりもないし、彼女もそんな気はハナから無いはずだ。

「あの、お届け物です」

家にあった紙袋に入れた山元さんのコート。綺麗《きれい》に畳んだつもりだけど、シワになったら申し訳ない。厚手だし、そう簡単にしおれないとは思うけども。

ソレに視線を落とした宮さんは、特に何も言わずまた俺の顔を見てきた。

「とりあえず上がったら？」

「えっ」

そんなつもりは無かったから、思わず出てきた言葉、というより感情そのものと言った方が良い。

「なに？　嫌なの？」

「い、嫌というか。別に届けに来ただけなので……」

「そう。ならそのお礼にお茶でもいかが？」

そこまでしてもらうことでもない。が、どうやら彼女は招きたいらしい。何をするつもりなのかは知らないが、いかがわしい行為じゃないことだけは確かだ。

となれば、やはり山元美依奈のことか。別になんてことない。もう会うことだってないのだ。だから俺としては、ここでオサラバ出来るのが一番の理想なのだけれど。

「ほら、早く」

なんで命令口調になるのだろうか。少しだけイラッとしたけれど、玄関先でずっと話していると周りの迷惑にもなりかねない。

このまま逃走すれば逃げ切れるだろうが、大人としてそれは気が引けた。でもそれは、あの日の山元さんを否定することと同義。それ以上は何も考えないことにした。

「……お邪魔します」

キッチンへ消えていく彼女に促されるまま、空いている椅子に腰を落とした。宮さんが居ないのをいいことに、辺りを見渡す。広すぎないリビングを見る限り、その辺によくある賃貸マンションである。紙袋は自身の足元に置いて。ここで宮さん、そして山元さんの残像を切り捨てられない辺り、俺の中には確かに後悔の念が残っていた。

それに蓋をして、彼女が差し出してきた茶の香りを真に受ける。あまり紅茶は飲まないんですよ、とは言えなかった。

「——で、最近どうなの？」

俺と向かい合うように座った彼女は、頰杖《ほおづえ》をついて問いかけてきた。片方の手で紅茶を啜《すす》るその姿は、とても様《さま》になっている。芸能事務所の社長らしく、独特の雰囲気を持った人だ。

「別に何もないですよ。暇してます」

「へぇ」

嘘《うそ》は言っていない。この1週間は本当に退屈であった。逆に、これまでが忙しすぎたのかもしれない。彼女と出会ってからこれまで、ノンストップで駆け抜けた感覚がある。

そんな俺の言葉を、宮さんはすんなり受け入れようとしていない。分かる。これからこの人から根掘り葉掘り聞かれる流れなのだろうと。

分かっていた。分かっていたけれど、断ることが出来なかった。その理由は宮夏菜子《かなこ》に気を遣ったからじゃなくて――。

「ミーナちゃんと何かあった？」

痛かった。改めて言葉にされると、自分の心臓を摑《つか》まれたみたいで体が動こうとしない。それはつまり「何もなかった」と彼女の言葉を否定できないという証拠でもある。

「何もないですよ」

それでも、自分を振り切って嘘をついた。

心が虚《むな》しくなるだけで、そんな嘘は何も生まない。でも、本当のことを告げる気にはなれなかった。

そうしてしまうときっと――彼女のことを切り捨てられなくなる。

「嘘」

宮さんの声は、俺の心に直接話しかけているみたいに響く。それこそ痛みが全身に広がるみたいで、口付けた紅茶の味が分からなくなるぐらいには。

俺の言葉を否定するだけの材料は何もないはず。そうは思ったけれど、この人は間違いなく俺よりも山元さんに会う機会が多い。イコール、俺よりも彼女のことを知っている。これまでの顚末《てんまつ》を知っているのではないか、とも思った。でも芸能界に戻るあの子が、わざわざそんな相談をするだろうか。いずれにしても、質問のタイミングがドンピシャすぎて怖い。

「随分と決めつけるんですね」

呆れてみせた。すごく。ため息なんて吐《つ》きながら、少しでも彼女の上に立とうとする子どものように。

揶揄《からか》うように、宮さんは口角を上げた。それはまるで、子どもを茶化《ちゃか》す母親のようで。

少しムカついた。

「ええ。だから来たんじゃないの？」

「……俺が？」

「そう」

言っている意味が分からない。俺はただ彼女の私物を返しに来ただけ。これも、マスターから押し付けられた仕事《ヽヽ》なのだ。俺の意志ではない。

でも。

「あ、いや、その」

——不思議な感覚だった。そんなわけがないと思っていても、ソレを言葉で否定することが出来なくて。だから、彼女を誤魔化すように視線を逸《そ》らしてしまった。

これだとまるで、言葉を肯定しているようなモノじゃないか。なのに、なのに。

「なに？」

追撃。それ以上は、問いかけないでほしい。お願いだから、俺の心に何も聞かないでほしい。苦しくて、今にも感情を吐《は》き出してしまいそうになるから、だからどうか、今はこの紅茶の味に染まらしてほしい。

「──山元さん、は」

「ん」

「どんな、様子ですか」

俺の心は、呆気《あっけ》なく本能に従った。

彼女の名前すら口に出したくなかったのに、それなのに、自分でもムカつくぐらいにすんなりと出てきた。胸につっかえることすらせず、言の葉となってこの空間に消えていく。

「あからさまに元気無いわよ」

「……」

「ま、私の前では空元気《からげんき》だけどね」

「分かるんですか」

「楽勝よ。二人とも分かりやすいから」

ここまで来れば認めるしかない。これまで何度も言われてきた言葉だが、今回は特に説得力があった。

あぁ、全然話していないのに頭が疲れた。紅茶にも口を付けていない。ため息を吐く。

ぶるりとテーブルを伝って揺れる。彼女のスマートフォンが明るくなった。メッセージか何かだろうと深く考えないことにした。

少ししてから、宮さんはまた呆れたように笑った。

「タバコ、吸っていいわよ。換気扇の下で」

「……マジすか」

「私も吸ってるし。気にしないから」

ここで遠慮するのが大人な対応かもしれない。だけど、今の俺はとにかく疲労感がすごい。タバコの1本や2本ぐらい吸わせてほしい、そう顔に書いてあったのだろうか？

「じ、じゃあお言葉に甘えて」

「どうぞ」

席を立って、おそるおそるキッチンに足を踏み入れた。人の家のソレを観察する趣味はない。ただ換気扇の下目掛けて向かうロボットと化してタバコに火を付けた。

肺に流れ込む煙を感じながら思う。本当はタバコが吸いたかったんじゃない。ただ、あの空間から逃げ出したかったのだと。

こんな感情は、生まれて初めてだった。それは換気扇の中に消えていく。やがて何も無くなって、この世に存在していたことすら忘れ去られるのである。きっとそう。

それはあくまでも、俺個人の願望だと分かっておきながら、そう願うことをやめられない。

（あ……そういや）

視線を落とすと、灰皿がある。宮さんのは加熱式タバコだ。だからそこにある残骸は、俺が吸う紙タバコよりも綺麗《きれい》な形を残している。

それに水を張っているわけでもないから、ここに灰を落とすのは申し訳なかった。幸い、自分の携帯用灰皿を持参していたから、そこに向けてポンポンと叩《たた》いた。

それと同じぐらいのタイミングで、インターホンが鳴った。換気扇が動いていてもよく聞こえた。芸能事務所なのだ。客の一人や二人来ても不思議じゃない。

「お客さんですか？」

「そうみたいね」

据え付けられた画面に映る来客を確認すると、彼女は何も言わずに解錠ボタンを押した。

いずれにしても、俺が居るわけにはいかない。

だからその旨を言おうとした時——先に口を開いたのは宮さんだった。

「そうそう。早まったことを言い忘れてた」

「……………何が？」

彼女はムカつくほどニタッと笑って。

「あの子のレッスン」

☆　★　☆　★

歌も踊りも、体があの頃の感覚を取り戻そうと躍起になっている。まるで、乾き切った心を誤魔化《ごまか》すように。

ここに戻ってくるのにも慣れた。夏菜子さんは「もう一つの家だと思って」なんて言ってくれている。そういうわけにはいかないけど、今の私にはそれがすごく嬉《うれ》しかった。

エレベーターを降りると、地上にはない澄んだ空気。ううん。そう感じるだけで、全然綺麗なんかじゃない。でも、少し違う味。

部屋の前に立って二度目のインターホンを押す。合鍵を渡されたけど、流石《さすが》にそれはと言って断った。ビッグになったら受け取りますと告げたら、夏菜子さんは嬉しそうに笑ってくれた。

「おかえりなさい」

「はい。お疲れ様です」

出迎えてくれた彼女は、いつもより機嫌が良さそうだ。ここ数日は色々な人とやり取りする機会が多かったせいか、ピリついていたけど落ち着いたみたいで安心。

しゃがむこともせず、前を見たまま足で靴を脱ぐ。レッスンの日はそんなお洒落《しやれ》な格好をしない。化粧だってしていないし。

そもそも、今日は長居するつもりもなかった。ここに来たのだって、簡単な報告と今後の予定を聞きたいから。メッセージでも良いと思ったけど、誰かと話したい感情を誤魔化しきれなかった。

リビングに入ると、見慣れた光景。別に何も驚くことはないけど、一つだけ違和感があった。

「誰か来てたんですか？」

「えぇ。ちょっとね」

テーブルの上には、グラスが二つ置かれていた。一つは半分まで減っていて、もう一つは全く手を付けていない。

この光景、なんとなく懐かしいな。小学生の頃、先生が家にやってきた家庭訪問。母親がコーヒーとお菓子を差し出しても、全く手をつけず帰っていく彼らを不思議に思っていた。

「……私もお茶もらっていいですか？」

「もちろん」

事務所に居る時間も増えたから、家から自分用のコップを持ってきている。桃色で可愛《かわい》い。家では滅多《めった》に使ってなかったから、ちょうど良かった。

キッチンに入って、冷蔵庫の前に立つ。背中には換気扇があって、コンロがある。宮さんはいつもここで加熱式タバコを吸っている。

けど今日は――鼻を抜けていく微《かす》かな香り。体を駆け巡って駆け巡って、呼び起こさせる記憶。追憶。疼《うず》く胸。

冷蔵庫を開けて、冷気を体に浴びる。感情を冷ますように満遍なく受け止める。麦茶が入ったボトルを手に持って取り出す。

クシャン、と独特な音を立てて冷蔵庫の扉は閉まる。振り返って、換気扇を見る。何もない。視線を落とす。灰皿には加熱式タバコの残骸だけ。いつもと変わらない。何ら変わらない。

麦茶をコップに注いで、再び冷蔵庫に戻す。キッチンを出ると、夏菜子さんは私に背を向けて座っていた。反対側には一杯になった紅茶。なるほど。そこにお客さんが座っていたらしい。

「片付けましょうか？」

「いや、いいわ。どうせ飲むから」

「そう、ですか」

捨てるのも勿体《もったい》ないし。私でもそうしたかもしれない。ただその席に座るのは気が引けたから、夏菜子さんと斜めに向かい合うように腰を落とした。

頬杖《ほおづえ》をついて紅茶を啜《すす》っている。この人は、いま何を考えているのだろう。聞いたところで、適当に誤魔化されるのは目に見えている。私も注いだ麦茶を口に含む。寒いとはいえ、動いた後は喉が渇く。

「レッスンは順調みたいね」

「はい。おかげさまで」

実際、夏菜子さんが紹介してくれたトレーナーはサクラロマンス時代の人よりも波長が合う。クオリティも高いし、自身のスキルが高まっていくのがよく分かる。

「そろそろ本格的に仕事を入れられそうね。と言っても、しばらくは撮影がメインになるけど」

仕事というと、それこそ色々だ。これまでのキャリアはあるけど、私は駆け出しと同じ。まさに二人三脚で頑張るつもりだ。

曲をリリースするにも、いかんせんお金が必要。いきなり売り出してヒットするかは分からないし、まずは知名度を上げなきゃいけない。無難に活動していては、多分追いつかないし。

そういう意味では、ポスター起用は正解だったと言える。揺れる。感情の波が一段と大きくなっては、また私の心を弄《いじ》ってくる。まるで、閉じ込めてしまった想《おも》いを揺り起こすように。

「あの、タバコ、変えました？」

夏菜子さんは、グラスに手を掛けるのをやめた。そう問いかけたから。ここでようやく、私たちの目が合った。

「どうして？」

「あ……いえ……」

いつもと匂いが違った、と言えば済む話。でもその証拠になるものは何一つない。吸い殻もいつも通りだし、私の思い違いなだけかもしれない。

それに踏み込まれるのが嫌だったから、何も言わなかった。言えなかった。自身の心を守るための防衛本能のように、分かりやすく視線を伏せて。

「なーに？　気になることでもあるの？」

「……べ、別に。勘違いですっ」

「ふーん」

こういう時の夏菜子さんは、いつも深く踏み込んでこなかった。私に気を遣っているのかは分からないけれど、ありがたいのは確かだった。

麦茶を一気に飲み干して、席を立つ。コップをキッチンに持って行って、そのまま水の流れに身を任せる。よく冷える。それは指先。

（…………ばか）

泡立つ洗剤でコップを磨く。痒《かゆ》いところにも手が届く。自分の心にも届いたらいいのに、なんて考えるのはおかしな話だ。

水で流して、さっきよりも綺麗になったコップを乾拭《からぶ》きする。奪われていく水分。カラカラに乾き切った桃色のソレを、ただジッと見つめるだけ。

彼から貰《もら》ったわけではない。何か縁《ゆかり》があるわけでもない。けれど、コレを見ていると少し悲しくなった。

あぁ、そう。ただ自分の感情が映し出されているだけなんだと気づいて、そのまま棚に戻した。

「今日は帰りますね」

「そう。お疲れ様」

リビングを出て、玄関までの廊下を歩く。ほんの数メートルだけの短い直線。レッドカーペットのように光り輝いているわけでもない。

空想。私の未来はどんな風になっているのだろう。大舞台で活躍できているだろうか。そうなっているといいな、なんて思いながら少し汚れていたスニーカーを履いた。

「ミーナちゃん」

夏菜子さんに呼び止められた。見送りに来たのだろうかと思い、振り返る。彼女の手には紙袋があった。

「あ……」

「これ、あなたに」

追憶。雪が降る。あの街中で、震えながら、霞《かす》みながら、ただただ虚《むな》しい感情のままに人波を泳いだあの日。

私が喫茶・スウィートを飛び出したから、あの店に放置されていたコート。それが丁寧《ていねい》に詰められていて、一気に蘇《よみがえ》る感情。そして――彼の表情。

「ど、どうして……」

「どうしてだと思う？」

その言い方は――最早《もはや》肯定以外の何でもない。やはり、あの匂いは彼のモノ。彼が吸うタバコの匂い。鼻を抜けて痺《しび》れていく感覚は、他のタバコじゃ感じない。

だから私の直感は正しかった。でも、欲しいのはこの紙袋でもなんでもなくて――ただ彼に会いたい。それだけの想い。

「新木さん……」

本当に彼が届けてくれたかどうかなんて分からない。でも、あの香りがした時点で私が信じるには十分すぎる証拠。

あぁ、胸が痛い。痛いのに、優しくて。何故《なぜ》だか、すごく胸が温かくなる。ふわふわと体が浮いてしまいそうなほどに。こぼれ落ちる涙も、決して悲しみではない。

ただ、彼が側《そば》に居る気がしただけ。

「…………意気地なしっ」

直接渡せば良いのに。どうしてこんな回りくどいことをするのだろう。無論、私のことを思ってのこと。知ってる。彼は誰よりも私のファンで、私のことを考えてくれてる人だから。

だからなおさら、嫌味《いやみ》の一つぐらい言いたくなる。

「ミーナちゃん」

夏菜子さんに色々と疑われても仕方がない。この1週間、自分を騙《だま》し騙しやってきたけれど、そのツケが今になってやってきた。

感情に嘘《うそ》をつけない。誤魔化せない。震える体を必死に止めようとするけれど、それも出来ない。いずれにしても、このままここに居たら、彼の方にも迷惑がかかる。

「……大丈夫ですっ。それじゃ」

ぐしゃぐしゃになった顔で、目一杯強がった。誤魔化しきれてなかったけど、夏菜子さんは追ってこなかった。肝心の「忘れ物」すら、手に取れなくて。

あぁ、タバコの匂いが恋しい。

ねぇ、あなたはどう思うの？

☆　★　☆　★

体が勝手に動いた。あれだけ逃げ回っていたというのに、会いたくなかったのに。今は、君のことしか考えられない。

玄関近くの部屋に逃げ込んでしまったが故《ゆえ》に。君の涙が、直接心に流れ込んできた。

僕は今から、君の心を抱きしめる。先ほどよりも、空気が冷たい。太陽は姿を見せているが、風が強くなった。きっとそのせいだ。

あの子は寒がっていないだろうか。ポトリと落として行ったこのアウターを羽織らないと、弱った心が震えたままに冬に飲み込まれてしまわないか。

そんなことを考えながら、駅までの道を歩く。彼女との誤差は数分。そこまで遠くには行っていないだろうと思ったから、走る必要は無いと踏んだ。


『バカね。最初からそうしなさい』

宮さんの家を飛び出そうとした時、彼女が言い放った言葉である。何も言い返せなくて、ただ余韻を掻《か》き消すようにドアを抜けた。

家から駅までは少し歩かないといけない。電車に乗られたら俺としても手がないが、そこに至る前ならいくらでもなんとかなる。

実際その通りだった。住宅街。歩いている人が多いわけでもない。だから人を見つければ、すぐに視線がそこへ行く。

最後に会った時より、すごくシンプルな格好をしていた。ジーンズと茶色のロングコート。それに、桃色のスニーカーには見覚えがある。長く伸びた黒髪は束ねられていて、後ろ姿だけ見れば別人だと勘違いする。

でもあれは、山元美依奈だ。分かる。俺の直感がそう言っている。宮さんの家を出てからすぐ見つかったから、相当ゆっくり歩いていたんだと思う。

本当は、一人で歩くのすら嫌だったのかな。

「忘れ物だよ」

小走りで駆け寄って、少し距離を置いて声を掛けた。間違いだったら誤魔化《ごまか》せるような距離感を保ったまま。ここで呼び止められないのが、俺自身の弱さなのかもしれない。

声が空気を切り裂いて、彼女に届いた。

カラリと乾き切ったこの世界に、彩りが滲《にじ》む。あの頃と変わっていない桃色が。山元美依奈を包み込む空気に染み渡っていく。

「――意気地なし」

二度目。いや、本当はもっと言われてる気がした。さっきよりも心は痛まない。それどころか、ほんの少し温かみすら感じる。

「ばか」

「うん」

「ばかっ」

「うん」

「……大ばかっ」

いま君が抱いている感情を、受け入れるのが俺の役目なんだと思う。否定もしない。肯定もしない。ただ思うがままに紡がれる思いを受け止めるだけの存在。それで君が許してくれるなら、俺はいくらでもここに居る。

その震える小さな肩を抱き締められないのが、こんなにも苦しいなんて。つい君の後ろ姿から視線を逸《そ》らしたくなる。

でもそれをしたら、何も変わらない。あんな思いをするのは、さっきだけで十分だ。

雲が太陽を隠す。暗くなった空間。まるで君の心を映し出したような雰囲気すらある。

前にもこんなことがあったっけ。

あぁ、そうだ。あの雨の日。俺と彼女が、友達になったあの夜。君の心はこんなにも分かりやすく天気に表れるのかと笑った記憶すらある。

「山元さん」

「……」

「こっちを向いてよ」

君と向き合いたかった。

見た目じゃない。この言葉は、ただ、君の心を真正面から見たかった俺のわがままでしかない。

そうしないと、互いの言葉は胸に届かない気がしたから。だから、こっちを向いて。

「………嫌」

そこまで、怒っているのかな。そうだとしたらもっと謝らないといけない。だけどそれは、向かい合って初めて告げられること。それを分かってほしいけど、難しいかな。

「どうして？」

問いかけると少しの間《ま》。やがてそれは、彼女の声で掻き消される。

「……すっぴん」

そしてまた、少しの間。やがてそれは、俺の溢《あふ》れる笑みで掻き消される。

「ははっ」

彼女からしたら、それは死活問題なのかもしれない。でも俺からしたら、そんなの大した話じゃない。怒っているとかそういうわけじゃないなら。だって——。

「わ、笑うなっ！」

反射的に振り返った君と、ようやく目が合った。化粧をしていなくたって、包み込む空気感は何も変わらない。むしろ俺は――今の君が一番。

それに気づいた彼女は、咄嗟《とっさ》にまた背を向ける。車も通らない、人も居ない。そんな静かな空間に桃色の花が咲いている。

「――綺麗《きれい》じゃないか」

だって、君は美しい。すっぴんだろうが、何だろうが。取り繕わなくたって、綺麗なのは昔から見てる俺はよく知っている。

耳まで赤くなって。それは俺の言葉に対する返答だろうか。だとしたら、こんなにも美しいモノは無い。

曇り空。雫《しずく》が今にも落ちてきそうな灰色だったけれど、持ちこたえている印象を受ける。それは君の心もそうなのだろうか。このままま泪しても、一人じゃない。どんな感情も受け止める人間がここに居る。

そんなこと、恥ずかしくて言えないや。

「………ねぇ」

横顔。綺麗な形をしている。少しずつ俺の方に意識を向けてくれているみたい。

彼女に気を遣って、なるべく顔を見ないようにするつもりだった。でも出来なかった。

君から視線を逸らすことが。

「ずっと……居たの？」

「うん」

「聞いてたの？」

「うん」

「……意地悪」

全くだ。自分でもそう思う。あそこで面と向かって会う覚悟が無かった男が何を言っても、彼女の心には届かないのだろう。分かってる。俺だってそうしたかった。だけどこれは君のことを想《おも》って——。

いや、ならどうして彼女は泣いているのだろう。どうしてそんな悲しい顔をするのだろう。

芸能界に戻る彼女にとって、俺は弊害でしかないと思っていた。でも、それが違うとしたら。俺はまだまだ、この子の近くに居てもいいのだろうか。

「……ごめん」

「え……？」

「あんなこと言って。本当、ごめん」

ちゃんと向き合ってはくれなかったけれど、俺の口から無意識に漏《も》れた言葉。視線を落として、感情が地面に向かっていく。でもそれじゃ意味がないと思ったから、視線を上げて君の顔を見ようとした。

「――ばか」

そうしたら、君が見ていた。俺のことを。顔を。心を。こんなにも美しい顔をしているのに、顔を背けていた意味が分からないぐらいに、綺麗で。

君に見惚《みと》れていたせいで、ひどく間抜けな顔になっていた。でもその言い訳をする気にはなれなかった。

「新木さんって、いっつもそう」

「え……」

「いっつも、最初に言って欲しいことを後回しにする」

雨の夜。思い返す。あの日も変な言い訳をして、謝罪の言葉を後回しにした。そのことを根に持っているのかは知らない。だけど、これは俺の癖だと思うと、ひどく申し訳ない。

「でも――」

もう一度謝ろうとしていた時に、彼女の口から出てきた逆接。だから、咄嗟に飲み込んだ。

「なんだかんだで、来てくれる」

「……それは」

「ううん。いいの」

否定を打ち消すように、彼女は言葉を被《かぶ》せてきた。俺には俺の悩みがあると察してくれたのだろうか。それに、この行為そのものは俺が自発的にやったことではない。

ある意味、宮夏菜子に焚《た》き付けられたこと。自分の意志でやって来たわけではないのだ。本心ではそうしたいと思っていても、どうしても社会的体裁を考えてしまう。そんな男なんだ。

それなのに、君は――。

「それでも、すっごく、嬉《うれ》しい」

あぁ、この高鳴る心臓を抑えるにはどうしたら。痛くて苦しくて、呼吸すら難しいこの感情を吐《は》き出してしまえば、どれだけ楽になるだろうか。

彼女は笑った。満面の笑みを見せてくれた。顔を紅潮させて、その白い歯を俺に見せてくれた。

分かる。自分の顔が赤く染まっていくのが。全身を巡る血液が沸騰するみたいに、体温が上がっていくのが。痛いぐらいによく分かる。

「……ねぇ新木さん」

「な、なに？」

「そのアウター、着たい」

「お、おう」

唐突にそんなことを言ってくるから、持っていた紙袋を彼女に差し出す。山元さんは着ていた茶色のロングコートを脱いで、紙袋からアウターを取り出した。

「少し持っててくれる？」

「わ、分かった」

今の今まで彼女が来ていたコート。受け取ると、そのぬくみを感じる。それだけでも思考を乱すには十分で。無論、変なことを考えていたわけではない。鼻の下が伸びないように意識して、彼女が羽織り終わるのを待った。

アウターを着た彼女を見ると、あの日のことを思い出す。飛び出した君のことを。でも今は、その時みたいに悲しい顔をしなかった。

「あなたの匂いがする」

そんな言葉を、どうして容易《たやす》く言ってみせるのだ。紅潮した顔を隠すように、アウターに顔を埋《うず》めようとする君。そこまで近づかれることは想定していなかったから、匂いがするのは当然だ。

「く、臭かったらごめん」

「ふふっ。そんなことない」

心の距離というのは、思いの外分からない。心を抱きしめることがこんなにも難しいと

は思わなかった。けれど、今この瞬間だけは——山元美依奈しか視界に入らない。

まるで、君の心の中に入り込んだように。

「すっごく、暖かいや」

うっすら涙を流しながら笑ってみせる君は、世界中の誰よりも美しくて、弱くて、大切で。雲の切れ間から差し込む日差しに照らされた。

晴れた。青空。戻ってきた。君の心。

俺はもう、君を泣かせない。

6th

ジェラシーだっていいじゃない

OSHI ni NETSUAI GIWAKU detakara kaisya yasunda

2月になった。寒さは一段と増し、まさに冬のピークを迎えている。だからと言って、仕事が休みになるわけでもない。今日も今日とて、いつも通りに出社して、見慣れたメンバーと打ち合わせたり色々だ。

「来客……ですか」

そんなことを考えていた昼休み目前のひととき。部長に呼び出された。と言っても、自席へ手招きされただけ。座ったままの部長を見下ろす形になったが、彼は何も言わずに背もたれに体を委ねている。

「そう。13時から」

「どなたがいらっしゃるんです？」

「いつもの代理店《広告屋》だよ」

その言葉を聞いて察する。単なる営業活動だと。でもそれを俺に言ってきたということは、つまりそういうこと。

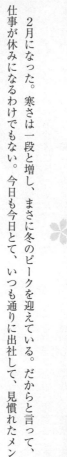

「相手をしろということですか」

「察しがいいな」

「分かりますよ」

第一、この人は俺以上に分かりやすい。会議中も何も考えていないような顔をして、本当に何も考えていないタイプだ。

何で部長になれたのかは知らないが、いざとなったらヤルらしい。常にエンジン全開でお願いしたいぐらいだ。

「本当は俺も出たいんだけどさ。部長会議とバッティングして」

「え、そんな面白い話なんですか？」

「ウチでCMやらないかって話」

コマーシャル。文房具メーカーが何を宣伝するのかという気にもなるが、安全性とか機能性とかアピールポイントは沢山ある。

ユーザー、いわゆる消費者に伝えなきゃいけないことでもあるが、小売店へ卸すにも重要な情報になる。つまり、弊社の製品が安定して売れることを周知しなければ、在庫を抱えるのを一番に避けたい小売店は渋る。

だが言われてみると、ウチの会社はコマーシャルを制作したことが無い。

確かにそれだけの資金は必要になるが、展示会が盛況だったおかげで、上層部はすこぶる機嫌がいいらしい。実際、収益という側面から見てもかなり良い線を辿《たど》ってる。そういう意味でも、可能性が全く無い話でもないのだ。

広告屋はよく見てる。それもそうか。ポスター効果を一番気にする立場と言っても過言じゃないわけだし。これが上手《うま》くいったから、次はコレ。そうやって裾野を広げていくのはある種、営業の鉄則でもある。

「それと藤原《ふじわら》を同席させてやってくれ。良い経験になる」

「分かりました」

部署内最若手の藤原。春から営業へ異動することになった。俺はずっとそうしろと言っていたから、ようやくだ。当の本人は、入社以来ずっと働いてきたこの部署を離れることに寂しさを覚えているみたい。

だが、他社の営業トークを聞けるチャンスは中々ない。部長の言う通り、良い経験になるはずだ。

☆　★　☆　★

オフィス街の空気というのは、どうも苦手だ。喧騒《けんそう》感とでも言うのだろうか。明らかに全然澄んでない感じ。その中で働いている人は本当にすごい。みんな生きるためなんだろうけど。

それにしても、お昼時は混む。窓際の席で行き交う車を見ながらふと思う。彼は普段、この世界を生きている。ポスター撮影の時はお世話になったけど、まだまだ知らない彼が居る。この胸の高鳴りを抑えるのは、少し野暮《やぼ》。

「人間観察？」

向い合っている夏菜子《かなこ》さんが、そんな私に声を掛けてきた。チラリと視線を移して、軽く頷《うなず》く。別にそういうつもりは無かったけど、この独特の感情を上手く言葉にする自信がなかった。

今日の彼女は、いつもより落ち着いた服装をしている。黒のジャケットにパンツ。サラリーマンのスーツ、というわけではないけれど、その中に遊び心があってお洒落《しゃれ》な着崩し方だと思う。

いま、私たちはこのオフィス街に似合わない華やかなカフェで時間を潰していた。理由は一つ。これから営業活動をするため。私と広告代理店の人３人で、売り込みに行く。だから私も、普段着の中で一番シンプルな格好をしていた。

夏菜子さんからは「自由にコーディネートして」なんて言われたけど、そこまでする勇気は無かった。分かるんだけどね。売り込むのは私自身なんだから、あまり地味だとパッとしないことぐらい。

「それとも、彼を探してたのかしら？」

唐突にそんなことを言われたから、コーヒーを吐《は》き出しそうになった。

「い、いきなりなんです？」

「あら違ったの？」

「違いますよっ！」

これから彼の働く会社へ行くのだ。別に今探す必要なんてない。それは夏菜子さんも分かっているのに、時折こんなことを言ってくる。

分かってる。この人なりにただ揶揄《からか》ってるだけ。でも隠しきれないのだ。私の感情そのものがここから少し離れた場所に居る彼を想《おも》っている。

アウターを返してもらった日から、一度も会っていない。互いの距離感が離れたはずなのに、不思議とそんな気はしなかった。彼はいつでも私の味方でいてくれる、なんて希望的観測に過ぎないけれど、不思議とそう。

「最近のあなた」

「はい？」

「すごくイキイキしてる」

「……そうでしょうか」

「そうよ」

自分ではよく分からない。だけど、この人は揶揄うことはあっても、基本的に嘘《うそ》はつかない。だから彼女の目から見て、きっと本心なのだろう。

紅茶を啜《すす》るその姿は、このオフィス街によく似合う。まさにキャリアウーマンという感じ。

「夏菜子さんってずっと独身なんですか？」

「なに急に」

「それは夏菜子さんだって」

「……それもそうね」

ふと気になった。今のこの姿を見て、仕事以外の彼女のことを全然知らないと思ったから。だから問いかけた。

案の定、夏菜子さんは答えようとしない。普段人にはどんどん聞くくせに。悔しい。

「ミーナちゃんはどう思う？」

その回答は否定だと、直感がそう言う。

私より一回り以上離れているけど、若々しいし金髪ショートカットが似合う女性はそう居ない。だから元々の顔が綺麗《きれい》なのだ。

モテなかったはずもない。男の一人や二人ぐらい簡単に引っ掛けてたに違いない。

「……バツ2とか？」

「なんで2回なの」

自分で言っておきながら、思わず吹き出した。失礼すぎたとは思ったけど、それを訂正する気にもなれず。いつも茶化《ちゃか》されてばかりだから、これぐらいは良いだろうとすら思ってる。

「ふふっ。ごめんなさいっ」

「全く……。まぁいいけど」

自分から聞いておいてなんだけど、これについては彼女が教えてくれるのを待ってればいい。いや別に無理やり聞き出したいとかじゃないんだけど。

「そういえば、もうすぐバレンタインね」

「ああ、そうですね」

コーヒーを啜る。家で淹《い》れたモノよりも深みがあって美味《おい》しい気がする。

視線を上げると、夏菜子さんと目が合った。ニヤついているわけではないけど、心がそうであることぐらい分かる。今、この人が考えていることが。

「あげないの？」

「あげても良いんですか？」

「別に止めないけど」

揶揄われたら揶揄い返す、とでも言わんばかりの会話。それに正解なんてない。そもそも、ここで時間を潰しているのがその証拠だから。

彼女にも、こうやって軽口を叩《たた》けるようになってきた。社長なんだけど、私を娘のように見てくれているから、甘えてしまう自分がいた。

再び視線をビル街に向ける。

大きなガラスの向こうは喧騒。昼時のサラリーマンたちが行き交う。ビル風に吹かれながら、その冷気すら感じさせないぐらいの熱気を纏《まと》って。

「――」

視線を奪われた。片側二車線道路の向こうに、確かにある彼の姿。スーツ姿。あまりはっきりとは見えないけど、キッチンカーの前で待っている。

何も不思議じゃなかった。彼の職場はすぐ近くだし、お昼時。普段は「スウィート」に行くことが多いと言ってたけど、今日は違うみたい。でも違和感はない。人間たまには違うことをしてみたくなるし。

「あ――」

でも、それはすぐに違和感になった。

誰かと一緒だった。あの人。女の人だ。

同僚だろうか。この距離だと顔まで分からない。だけど、オフィススカートを穿《は》いているから間違いなく女性。ソレと彼が、二人並んでいる。歳《とし》も近そうで、絵になる。

笑っている。彼の顔はよく見える。太陽の光のおかげで。私が見たことない表情をしている気がした。

思い返せば、彼が他の女性と話しているところを見たことがない。夏菜子さんを除いて。いや、見たことはあるのかもしれない。ただ私の見る目が変わったから、そう思うだけで。いずれにしても、胸が痛い。心が苦しい。

「恋人だったりして」

それなのに、この人は追撃してくる。バツ2と言ったことを根に持っているのか。それなら謝るから何も言わないでほしい。

苦し紛れに視線を夏菜子さんに戻す。私の顔をジッと見つめて、子どもをあやすような優しい目元をしていた。

「――こ、恋人居る人が他の女に優しくするのはおかしいと思います」

「他の女っていうのは、あなた？」

「………………例えばの話です」

視線を落とす。半分以上減ったコーヒーへ逃げるように。口付けたソレはすっかり冷めていて、ひんやりと唇に触れる。キッスの味だとしたら、あまり良いものではない。

「別に恋人でも良いじゃない」

「そ、それはっ!!」

気がついた時、彼女はニヤけていた。

「ふーん」とアゴを上げて、私の胸の中を覗《のぞ》き込もうとしていたから、咄嗟《とっさ》に口元を押さえて誤魔化《ごまか》そうとした。

「どうして？」

「う……。えと……その」

でも、そんなんで誤魔化せるわけがない。この感情を素直に吐露してしまえば、今後の売り出し方にも影響する。そこまで分かっていたのに、体が反応してしまったのだ。

言い訳になってしまっても、仕方がない。ここで文句の一つや二つ言われても、私に言い返す資格はない。アイドルになろうとしている年増《としま》。ただでさえ時間が無いのに、そんなことにうつつを抜かしていいのかと。

でも――夏菜子さんは違った。

「良い顔してる」

「え……？」

「アイドルに一番必要なことって、なんだと思う？」

ルックスの良さ、歌唱力、ダンス力。挙げればキリがない。だけど――そう聞いてくるということは、そうじゃないんだと思う。首を傾《かし》げたら、夏菜子さんは微笑《ほほえ》んだ。

「キラキラしてて、吸い込まれていく」

「……」

「それが私が思う理想のアイドル」

「理想……ですか」

「あなたはもう、そこに片足を踏み入れてるの」

「私は何も……」

スキルで言うなら、サクラロマンス時代の方があると思う。でも彼女がそんなことを言うから、変に身構えてしまう。

キラキラしてて、吸い込まれていく。そんなアイドル、アーティストになることが出来るのだろうか。今の私に。アイドルを投げ出した私に。

道路の向こうにいる彼を見る。楽しそうに笑ってる。ムカつく。あんな顔しちゃって。

私の前じゃオドオドしちゃうくせに。

「——彼がいま、目の前に居たらどうしたい？」

ムッとした表情をしていたから、多分面白がって聞いてきたんだと思う。だけど、このイラつきを吐き出すには良い機会だと感じたから、答えるのには躊躇《ちゅうちょ》しなかった。

「思いっきりつねってあげたいです」

夏菜子さんは笑った。キラキラしてるね、なんて言いながら。よく分からないけど、彼と二人きりになれるといいなぁ、なんて考えて。

道路の向こうの彼は、居なくなっていた。

☆★☆★

山元美依奈《やまもとみいな》を起用したポスターが好評で、彩晴《さいせい》文具の名前も少なからず広まりつつある。そこで、付き合いのある広告代理店が「追撃も込めてどうか」とコマーシャル制作を提案してきた。

それはつまり、山元美依奈を再起用することと同義。俺も驚いたが、彼女と宮《みや》夏菜子の二人を連れてきやがった。部長には伝えていたらしいが、聞いてないぞ。おい。

まあ別にそれはそれでいい。本人たちが居た方が話も進めやすいし、かえって好都合ではある。いずれにしても今日は話を聞くだけで、契約まで進むこともない。ないんだが。

「どうかしました？」

「あ、あぁいや。失礼しました」

咄嗟に取り繕ったが、話の内容に疑問点はない。むしろよくまとめられていて、藤原にとってもいい経験になるプレゼン内容である。

それよりも、俺の目の前に座っている彼女の視線が痛く感じるのは気のせいだろうか。目を合わせるといよいよ逃げられなくなりそうだから、チラリチラリと視界を動かす。

彼女の隣に座っている宮さんは、しっかりとした姿勢で話を聞いている。下手な態度をとれば契約に関わってくるからか、俺が知る中で一番真面目な表情をしていた。

「いかがでしょう？」

「いいですね。山元さんの起用で実際に利益も出ていますし」

話を聞くと、中々に興味をそそる。今やテレビCMよりも見る機会が多くなりつつあるウェブコマーシャル。普通に考えて理にかなっている。動画サイトに上げるだろうから、多くの人の目に触れるに違いない。最後まで見てもらえるかは別として。

「社内で協議して、またご連絡することになりますが」

「問題ございません。宮様も山元様も、ぜひ御社の力になりたいとのことですから」

それを嘘と呼ぶのは野暮《やぼ》だ。これは仕事なのだ。クライアントの期待に応えるのが彼女たちの役目。魅力を引き出すのも半減させるのも、タレント次第。厳しい仕事であることには変わりない。

でも、山元美依奈ならきっと大丈夫。そう信じている自分がいた。

打ち合わせは30分程度で終わった。準備されていた資料もよく作り込まれていたから、俺たちから重箱の隅を突《つつ》く必要もなかった。

藤原たちは会議室を出ていくが、山元さんだけは立ち上がったまま動こうとしなかった。彼女の様子を見ていた宮さんは、俺にも分かるようにため息を吐《つ》いた。そして俺へ何かを告げるように目配《めくば》せをした。

やがて二人きりになった室内で、山元さんが声を掛けてきた。

「新木《あらき》さん」

「は、はい？」

意図せず敬語になった。打ち合わせモードが抜け切れていなかったのも事実だが、彼女の声に圧迫された。神妙な声色というか、怒っていると受け取られても仕方ないぐらいの声。

「いろいろ気になることはあります」

「う、うん。コマーシャル撮れるといいけど」

「そうじゃなくて」

「え？」

思わぬ否定だった。さっきの話の続きだと思っていただけに、思考が少し鈍る。なら一体、何の話だろうか。別の仕事？　それともプライベート？　それとも、週刊誌の話？　考え出せばキリがない。

「今日、お昼は何を食べたの？」

「え、昼？」

「なんですか」

「あ、いやなんでも」

全然大した話じゃなかった。その心情が言葉に乗っていたらしく、彼女の語気にイラつきが込められていた気がする。だから素直に答えるか。別に隠すようなこともないし。

「近くのキッチンカーでお弁当を」

「知っています」

「え？」

「あ、いやなんでも」

知っているって言った気がしたけど……？

そんな俺に考える隙を与えないよう、彼女は距離を詰めてくる。

「おひとりで？」

「いや先輩とだけど」

「先輩」

「うん、先輩」

「男の人？」

「女の人」

「女の人」

「なぜオウム返し？」

さっきからこの子は何を言っているんだ？

俺が先輩の山崎《やまざき》さんと飯に行っただけじゃないか。それに食べたのは会社の中だし、厳密に言えば一緒に買いに出かけただけである。

「まあ、今日はたまたまなんだけどね」

「と言いますと」

「一緒に行く予定だった人の代わりなのさ。その子が風邪引いちゃって、予約分をもらっただけだよ」

なんで俺ここまで説明しているんだろうか。別に浮気したわけでもないし、そもそも付き合っているわけでもない。なのに、自身の説明口調が余計に目立つ。

「ふーん……」

「まあ誘ってくれた山崎さんも料理好きでさ、普段はお弁当なんだよ」

「へぇ」

「旦那さんのお弁当作りも欠かさないらしいって」

目の前に居る山元美依奈は、ピクリと耳を動かした。まるで猫耳みたいに柔らかく動かすから、少し胸が鳴った。さっきまで素っ気なかった彼女は、わずかに口元を緩ませる。

「ふ、ふーん。そっか。そっか」

「なんなんだ……？」

日差しが差し込む会議室。さっきまでは感じなかった熱がそこにある。手を伸ばせば、手のひらが火傷《やけど》してしまうぐらいに真っ赤な心が。

☆　★　☆　★

先ほどよりも落ち着いていた。この時間のオフィス街はこれから来るであろう忙しさに備えている。ランチタイムの時は混んでいたのに、今この瞬間はすごく空《す》いていた。

彼の会社から少し歩いたところに、昼間から開いている居酒屋があった。夏菜子さんから「入るよ」と言われた。私に有無も言わさず。拒否権がないことぐらい知ってた。

個室に通されて腰を落とした瞬間に、彼女が私の視線を凍らせた。普段優しい夏菜子さんだったけど、いまこの時だけはひどく呆《あき》れていた。

それもそうだ。彼の顔を見た瞬間にとっくに理性は死んでいて、ただムカムカする気持ち悪さを発散する方法を考えていた。

彼と二人きりになった時点で、夏菜子さんは何かを察したんだと思う。そして、余計なことをしてくれたなと思っているに違いない。

「別に責めてるわけじゃない」

「え……？」

彼女の反応は予想していないモノだった。束《つか》の間《ま》。釘《くぎ》を刺すように言葉を紡ぐ。

「ただ仕事に支障が出るのはやめてね」

「それ責めてるってことじゃ……」

「なんか言った？」

「いえ」

恋人。そうだ。居たとしても不思議はない。32歳の男性。人生を謳歌《おうか》する良い年齢。遊ぶにしても、真剣にしても、そういう人が居ても。

けれど、私の行為は褒められたモノじゃない。それは自分でも分かっている。だから苦しいのだ。頭では分かっていても、そうなってしまった自分を責められないから。いや、ここは後悔していないと言うべきか。

彼は私の行為を理解出来ていなかった。それもそうだろう。だってメッセージでは普通に接していたし。

私に気を遣わず加熱式タバコを吸い始めた彼女。別に良いんだけど、普段しないから多分イラついているんだと思う。申し訳ないことをしてしまった。

「……すみません」

「もういいわ。私が変なこと吹っかけたからよ」

「それはそうですね」

「……ミーナちゃんって意外と図々《ずうずう》しいのね」

申し訳ないが、彼女の言うことも一理ある。あの一言が無ければ私だって普通に接していたかもしれないのに。私ばっかり責められるのは少し違う気がする。夏菜子さんの言う通り、私は図々しいのだ。

店員呼び出しボタンを押すと、暇だからかソレはすぐにやって来た。

「生ビール一つ。あなたは?」

「え、お酒……?」

「なによ。今日はもう上がりなの。あなたもね」

「ええ……」

夕方に染まりつつあるとはいえ、少し罪悪感があった。私たちの仕事に朝も昼も夜も関係ない。とはいえ、まだ暇なことがほとんど。夜まで何が来てもいいように待機する癖がついていた。私はね。

「……ウーロン茶を一つ」

「それとおつまみ盛りを」

完全にオフモードである。さっきお昼ご飯を食べたばかりだから、食欲はない。オフなら大人しく帰りたいまである。

「飲まないの？」

「当然ですよ」

「彼が介抱してくれるかもよ」

「………………飲みません」

「結構悩んだわね」

醜態を晒《さら》すわけにはいかない。加熱式タバコというのは、あまり匂いがしない。それが売りなのかもしれないけど、別にどうでもいいや。

新木さんたちはあくまでも仲介役だという。要はもっと上の立場の人じゃなきゃ決裁がおりない。それもそうか。

でもあんなことをして、ネットとかに拡散されちゃったら……。そんな心配をしなきゃいけないことすらも頭から抜け落ちていた。

顔に出ていたせいか、夏菜子さんはフォローするように口を開いた。

「一応脅しておいたから大丈夫だと思うけど」

「脅し？」

「……違う違う。釘を刺しておいたの聞き間違いでしょ」

いやハッキリ聞こえたよ。言い換えるから余計に目立つ。悪目立ちだ。この人、怒声を上げることはないんだけど、優しく諭すように怒るから怖い。あの二人、というか新木さんも頭が上がらないんだろうな。

ビールとウーロン茶で乾杯して、おつまみ盛りに手を伸ばす彼女。こんな平日の夕方から。ほんの少しだけ、この人に付いていって大丈夫なのか不安になった。ほんの少しだけね。

「――恋人が居たらどうするの？」

「へっ」

ウーロン茶の入ったグラスを触っていたら、急にそんなことを言われた。飲んでる時じゃなくて良かった。きっと吹き出してたから。

「な、なんです急に」

「別に。気になっただけ」

「ど、どうもしないです」

「どうも出来ないじゃなくて？」

「……………いじわる」

夏菜子さんは笑った。笑い事じゃない。

実際問題。もしそうなら私に出来ることはない。彼が大切にするべき人はその人だろうし、私がどうこう言うのは違う。

別れさせるなんて発想にも至るけど、それは彼に悲しい思いをさせると思う。それだけは嫌だった。そこまでして見てほしいとは思わない。ただ純粋に、私のことを見つめていてほしい。

でも恋人が居ながら、ここまで私に優しくしてくれるのだろうか。彼はそんな器用なタイプに見えない。悪い意味じゃなくて、それだけ相手を大切にしているイメージ。そうであってほしいと願う私の願望でもあった。

「もしもの話よ」

「………」

「好きと言われたら、どうする？」

「そんなこと……」

「答えて。お願い」

彼女の声のトーンを聞く限り、真面目な話だと察した。それに、いずれは聞かれるだろうと思っていた話。心のどこかでその準備が出来ていたから、思っていた以上に動揺は無かった。

「……断ると思います」

「どうして？」

私が思う理由は、すごく単純だった。

「だってそれが、彼の望んだことだから」

あの雪の日。しんしんと体の芯まで冷え込むあの瞬間に、彼は私を突き放した。

でもそれは、私のことを考えてくれていたんだと思う。彼から直接聞いたわけでもない。誰かが言ってたわけでもない。ただなんとなく、彼ならそうすると冷静になった頭は判断した。

いや、出会った時からそれは変わっていない。彼ならきっと、そうすると分かっていたのに。すごく、ひどく、胸が締め付けられて。

それなのに、私の行為は意に反していた。

彼へのイラつきを隠しきれなくて、私のことを見つめて欲しくて、あんなことをしてしまった。そんな自分が情けなくて、でも、後悔はしてなくて。

この感情は、理不尽なほどに人を困惑させる。フォーマルな場だと理解していたのに、抑えきれなくなった感情によって理性は飛び去った。本当に厄介だ。

「あなたが望むことではないでしょう？」

あっという間にビールを飲み干した夏菜子さんは、私の心を覗《のぞ》き込もうとしてきた。彼女の視線が胸に刺さる。深く差し込まれないように、咄嗟《とっさ》に目を逸《そ》らした。

「そんなことになったら、炎上します」

「……」

「格好のマトですよ。私なんて」

そもそも、精神的に参っていたとはいえ熱愛疑惑を演じてしまったのだ。そんな人間がまた表舞台に戻ること自体おかしくて、あまりにも都合の良い話だと思う。

それを世間は認めてくれるとは思えない。ポスターの時はそんな声を聞かなかったけど、再デビューとなれば話は変わるはず。

あぁダメだ。ひどいネガティブ思考に陥ってしまった。今に限った話じゃない。時々ある。夏菜子さんの事務所と契約する前も同じような感情に苛《さいな》まれたから。

「正直、悩んでるのよ」

「え……？」

「あなたと彼のこと」

２本目の加熱式タバコを吸いながら、ため息混じりの言の葉が沈んでいく。

彼女が頭を抱えるのも無理はない。申し訳ないと思いつつ、当事者でありながらどうしようもない自分にムカつく。

多分だけど、彼から距離を置いても自分を押し殺そうと思えば出来る。だけどそれは夏菜子さんには通じない。ついこの間の空元気だって見抜いてたし。

「切り離すと、あなたの輝きが半減するもの」

「……すみません」

「謝らないで。逆に近くに居れば、光り輝くんだから」

「でもそれだと」

「そう。だから――」

夏菜子さんの提案は、私が思っていたより良心的でもあった。でもそれだけ、逃げ道はない。一度決断したら最後。もう後戻りは出来ない。

それに、私はそれを否定するだけの資格はなかった。いつかぶつかる問題だと思っていたから、素直に受け入れることにした。

ＣＤデビューに向けて少しずつ動き出していたこのタイミングで、私はもう一つ大切なコトと向き合わなくちゃいけない。

私のためにも、彼のためにも。

そのためにはまず、私の想《おも》いを彼に伝える必要があった。それが出来たら苦労はしないのに、夏菜子さんは呑気《のんき》に２杯目のビールを注文してる。

正直、私の選択次第では彼女に利益をもたらすことが出来ないかもしれない。なのに、どうして。

「あなたは私の夢なの」

「夢……」

「大丈夫。少なくとも私と彼は、あなたの味方だから。ゆっくり考えなさい」

喉が渇いた。ウーロン茶を口にすると、氷が溶けてしまっていて味が薄い。でもほんの少しだけ、気持ちが楽になった。

7th

アイ・ライク・ユー

ほんの少しだけ、吹き付ける風が暖かくなってきた。そんな3月。俺と彼女の関係性は明らかに変化しつつあった。

と言っても、一方的に俺が意識しているだけであって、彼女がどう思っているのかは知らない。分からない。相手の感情が読めなくなっていた。

単純に、変な期待を抱いてしまうと後々後悔するんじゃないかって思うから。人間とは不思議なモノで、自分が傷つきそうな思い込みはしないようになっている。別にそれで良かった。

春の少し前。3月にしてはあまりにも冷たい風が吹く夜に、とある撮影現場に立ち会っていた。後輩の藤原《ふじわら》を添えて。

「すごいっすね」

「だな」

ロケーション的には、かなり色気のある雰囲気である。と言うのも、まず海沿い。次に、

OSHI ni NETSUAI GIWAKU detakara kaisya yasunda

対岸にあるビル群の光がソレに反射して彼女を照らしている。端的に言うと、ここはデートスポットである。

藤原は子どもみたいな感想を漏《も》らしたが、かくいう俺もそれを上回るだけの言葉が出てこなかった。無視するのも変だから、ただ肯定するだけ。

実際、撮影というのは多くの人の動きで成り立っている。カメラマンや照明、それこそスタイリストだって。あらゆる専門家の集合体でもあるわけだ。ポスター撮影の時も思ったが、傍観者であるとはいえ、つい身構えてしまう緊張感がある。

今日は平日の真ん中。水曜日。そんな時に俺たちがここに居る理由は、れっきとした仕事である。別に見学会でもなんでもない。

「山元《やまもと》さん、綺麗《きれい》っすね」

「そうだな」

「……聞いています？」

「もちろん」

「にしては雑ですね」

「めんどくさい女子かよ」

「異動前最後の外出かもしれないので」

「なら黙って見ておけよ」

ウェブコマーシャルの話がスムーズに進んだ結果である。配信先は主に動画サイト。そう。あの時の営業活動が今に至る。

俺と藤原の二人で部長に報告し、それをさらに上の人間に説明してもらった。するとどうだ。思いがけず好評で、驚くほどすんなり契約が決まった。

ポスターでの実績も大きかったが、役員の一人に話を聞くと、どうやらそれだけでもないらしい。

その人が言うには、今の時点で投資しておけば彼女のポテンシャルを独占的に使える、なんて言い方をしていた。なるほどなと納得する。

タレントにとって、これ以上ない褒め言葉ではないだろうか。個性の戦国時代。抜きん出た能力がないと生き残っていけない世界において、彼女の持つカリスマ性は大きな武器であると改めて理解した。

「でも文具メーカーっぽくないですね」

「それが狙いなんじゃないか。面白くないよりマシだろ」

藤原がそう言いたくなる気持ちもよく分かる。なぜなら、いま撮影している彼女の手には文房具の一つも握られていないからである。

なら今、彼女はどんな姿をしているのかと言うと、白色のワンピースと少し濃いめの化粧。風にゆらりゆらりと揺れる艶《あで》やかな黒髪は、俺の視界を独占する。

「そうっすね。コマーシャルって、オモロくてナンボですもんね。特にネットは」

彼の返答で意識を戻す。まずいまずい。マジで話しかけられなかったらずっと彼女のこと見てたな。いや、見惚《みと》れていたと言うべきか。

時刻は夜の8時過ぎ。定時はすっかり超えているから残業扱いになる。でも、こんな残業なら歓迎だ。ずっと見ていられる。

「でもホント、ぽくないですよね」

「まぁ。文房具のイメージは無いな」

「よく通りましたよ。あの台本」

「役員たちの趣味かも」

撮影の流れとしては、唯一の登場人物である山元美依奈《みいな》がたった一言。カメラ目線で「好きです」と言うだけ。たったそれだけ。その後にナレーションで会社の名前を流すとはいえ、別のインパクトが残りそうで、広告としては無意味な気もする。本当に自社製品を宣伝する気があるのかすら怪しい。

……だが見たい。是が非でも。そういう意味では、ウチの会社は最高だ。

無論、撮影監督も居るし、セリフを言うときの視線や動作、表情まで細かく指導していると聞く。現に撮影が始まってから、たった5秒のために掛ける時間はすごい。1時間経《た》っているが、終わる気配が無かった。

「休憩みたいっすね」

「……難航してるみたいだ」

流石《さすが》にワンピースだけだと冷える。彼女はテレビでよく見る黒のダウンコートを羽織っていて、その表情は明らかに暗い。上手《うま》くいっていないと言っているようなモノだ。

藤原はトイレに行くと言って、俺の側《そば》を離れた。自由な奴《やつ》だな。全く。

俺もソレに便乗しようとしたが、思いがけない声に止められた。

「新木《あらき》さん」

「あ、や、山元さん……」

薄化粧でも十分すぎるほど綺麗な彼女だが、今日は一段と輝いて見えた。この夜には眩《まぶ》しすぎるほどに。だから恥ずかしくなって、咄嗟《とっさ》に目線を下げた。

普段とは違う、彼女の付けた香水の匂い。あの名前の如《ごと》く、桃色の風が俺の全身を包み込もうとするような。そんな錯覚を覚えてしまった。

「ごめんなさい。寒い中」

「いやそんな。気にしないでよ」

「ふふっ。ありがとう」

いまの彼女はイキイキしていた。やはり自身の中に眠っているアイドルとしての意地みたいなのが、カメラを向けられると蘇《よみがえ》るのだろうか。その辺、よく分からないけど楽しそうな彼女を見るのは俺としても幸せである。

吹き付ける夜風。撮影スタッフたちは一箇所に集まって打ち合わせをしている。当の本人が居なくても大丈夫なのか不安になったが、今は彼女のことを手放したくなかったから、黙っておくことにした。

「……上手くいってないの？」

問いかけたタイミングで、この日一番の強い風が吹いた。聞こえてないかもと思ったけど、彼女はほんの少し口角を上げた。

でもそれは微笑《ほほえ》みとかじゃなくて、自分に対する不安の吐露。嘲笑みたいなモノだった。

「……うん。びっくりするぐらい」

「どういうところが？」

「こういう演技、一番難しかったりするんです」

どこかで聞いたことがある。確かに、セリフも一言だけで、あとの表現は完全に演者次第。雰囲気も表情も、言葉の余韻を出すことだって、全て演者の能力で決まる。

棒読みの「好きです」ほど滑稽なモノはない。それはクライアントにとっても彼女自身にとってもメリットはない。だが、俺が見ている限りそんなことは無かったけども。

「納得出来ないんだ」

「うん。全然出来ない。そんな自分がムカつく」

やはり、根はすごくストイックなのだ。だからこそ、心が壊れてしまいやすくなる。自分を追い込みすぎて、全てがどうでも良くなるタイプだろう。

本当に、彼女がここに居てくれて良かった。そういう意味では、あんな手法を使って一度アイドルから離れたのは良かったのかもしれない。

「雰囲気も、表情も、言うタイミングだって練習してきたんだケドね」

「うん」

「……あはは。全然上手くいかないや」

笑ってみせるが、内心はひどく辛《つら》いだろう。この日のために彼女がどれだけ準備してきたかがよく分かる。そして、それが上手くいかないもどかしさも。

そうだよな。笑うしかないよな。だってまだ仕事は終わっていない。これから途方もなく苦戦するかもしれない大きな山が待っているのだ。だから——泣いていいなんて言えない。

そんな自分が、もどかしかった。

「大丈夫。上手くいく」

「そうかな」

「弱気にならないで」

「……うん」

「君は出来る。ねぇ――」

自分でも驚くほどに、大したことは言えなかった。だけど、考えても考えても、いい言葉は俺の頭の中に浮かんでこない。

だから、だから少しでも――君の心の中に触れたいと思った。そんな理由で。

「――み、美依奈」

「へっ」

また強い風が吹いた。寒い。いやそう思ったのは気のせいで、ただ俺の体温が上がっていくのを受け入れるしかなくて。

ただ君の名前を呼んだだけで、俺はこんなになってしまう。風で聞こえないと言ってくれたら良かった。それだったら、適当言って誤魔化《ごまか》せたのに。

それなのに、君の視線は俺の心の中に。優しく触れるように、微笑んでみせた。そして、ゆっくり口を開こうとしたのに。

「――それだよ!!」

そんな一声で、彼女の言葉は掻《か》き消された。

☆★☆★

カメラを向けられると、少しは背伸びした自分になれると思っていた。

あの頃からずっとそうだった。初めてスポットライトを浴びたあの時からずっと、その瞬間だけは私じゃなくなる気がして。だから、背伸びをしたと表現するのがしっくりくる。

でもそれは、背伸びなんかじゃなくて。ただ浮き足立っていただけだと今になって気づいた。

カメラの向こう側に居るであろう視聴者のことを考えて、若干顔が引き攣《つ》ってしまったからである。久しぶりのセリフということもあって、まるで力が入らない。それを監督は見逃さなかった。

「らしくない」と一言だけ告げられた私は、ふと考えた。私らしさっていうのは、何なのだろうと。

あの頃の私のことを指しているのだろうか。あんな浮き足立った私のパフォーマンスのこと。だとしたら、随分な嫌味《いやみ》だな。

この監督は、サクラロマンス時代に何度も仕事したことがある仲だった。だから今でも「桃ちゃん」と呼んでくれる。良いか悪いかはおいといて、少しあの頃を思い出す。

だからだろうか、彼は私の心を見透かしたみたいにあの人を連れてきた。キョトンとして、話についていけない間抜けな顔をしたあの人を。私の相手役に、と強く推している。たったそれだけで、ひどく胸が高鳴った。まさかこんなことになるとは、夢にも思っていなかったから。

一度止まっていた撮影が動き出そうとしている。監督は彼の手を引っ張って私の側に駆け寄ってきた。

監督から撮影についての説明を受けている。私はただ戸惑っている彼の顔を見ながら、監督の話を聞くだけだった。

「あの、ちょっとよろしいですか」

「うん、なんでしょう」

「これって私も撮影に参加するということでしょうか」

「ん、まぁ、そうなりますね」

監督が言うと、新木さんは「いやいや！」と慌てている。それもそうだ。そんな予定は一切なかったし、彼はあくまでも見学に来ただけ。それなのに、撮影に参加しろなんて言われれば誰だって嫌がる。

露骨に顔を顰《しか》めたからか、監督は笑いながら声を掛けている。昔からそういうところあるんだよな、この人。

「大丈夫ですよ。目線カメラを付けて立っててもらうだけで。もちろん、姿も声も映像には残りません」

「それなら僕じゃなくても……」

するとこの人は、食い気味に彼の言葉を否定した。

「いえいえ！　あなたじゃなきゃダメなんですよ。さっきの彼女を見たら、100人中100人の監督は同じことを言います」

胸が痛くなった。否定できない自分が居たから。彼を見つめていると、綺麗《きれい》な空間に吸い込まれていくみたいに。

でも冷静に考えて、彼に面と向かって「好きです」なんて言ってしまったら。私の胸は破裂するんじゃないかって思う。ただでさえ、今の私はうまく演じられない感情の渦に飲み込まれているのに。そんなことをされたら、いよいよ抜け出せなくなるのは目に見えていた。

「ね、山元さん？」

私がそんな思考を紡いでいるとは知らず、監督は問いかけてきた。同意を押しつけたような聞き方。いい加減だなと思いつつ、つい新木さんの顔を見てしまう。

冷気を纏《まと》っている割には、その頰《ほお》は紅潮していた。私が付けている桃色のチークみたいで。それとも寒風に当たりすぎて霜焼けみたいになっているのだろうか。

頭では本当のことを分かっていたけれど、あえてその事実から目を逸《そ》らした。だって今そんなことをしたら、きっとこの場で彼に抱きついてしまうから。

「……知ってる人の方が、安心します」

本心は誤魔化せなかった。でも後悔は一切なくて、あるのはあなたに向けた胸の高鳴りだけ。

「というわけです。よろしいですか？」

「はぁ。分かりました。立ってるだけでいいんですね？」

監督は頷《うなず》いて、彼をスタッフのもとへ誘《いざな》った。渋々受け入れてくれた彼の優しさが純粋に嬉《うれ》しかった。

彼の目の前で、渾身《こんしん》の演技をすれば、そうすれば、彼は――。

私の髪に伸びる手に反応したせいで、その思考は途切れた。スタイリストさんの綺麗な細い指が髪、顔を辿《たど》っていく。まるでガラスを磨き上げるみたいに。

チラリと彼に視線を送る。頭に目線カメラを巻き付けていて、普段とは全然違う姿に笑いそうになった。

スタンバイ場所にやって来た。名前を呼ぶと手持ち無沙汰にしている彼は、どこか嬉しそうに目を少し開いた。

「ありがとう」

私のこの言葉。何に対しての感謝なのか、彼は悩んでいるようにも見えた。今この瞬間のことについてなんだけど、色々と深読みしてたりして。

ふふっ。そうだったら可愛《かわい》いな。ほっぺたはほんの少し熟れていて、この冷たい夜風を跳ね返しているみたい。

普段の彼なら、こうやって見つめていると目を逸らすのに。今はジッと私の心を見つめてくれている。すごく嬉しくて、すごく恥ずかしい。

「当然」

でも、そうやって見栄《みえ》を張った彼が可笑《おか》しくて可笑しくて。つい笑みが溢《こぼ》れてしまった。それをもどかしそうに見ている彼。

ちょうどスタイリストさんたちはハケていったけど、監督が私の元に駆け寄ってきた。

「桃ちゃん桃ちゃん」

「はい？」

そうやって声を掛けてきたこの人は、若干ニヤついていた。よからぬことを企《たくら》んでいると察したけど、彼に背を向けているからきっと二人の内緒話だろう。

「もうあのカメラ回してるから」

「そ、そうなんですか？」

「だから自然にやってみて」

「自然に、ですか」

台本通りに演じるのがキャストの仕事。けれど、その方法は現場によって多種多様だ。

一から十まで動きが決められていることもあるし、そのワンカットに至るまでの動きは自由なこともある。今回は後者になるわけだけど、となれば心構えも変わってくる。

要は「好きです」のカットまで自由に動いていていいわけで。それまでの流れも、セリフも、完全に演者任せ。独り言を言ってもいいし、彼を巻き込んでしまってもいい。監督の言うことは、そういう意味だ。

「ほら、本気で口説き落とすつもりで」

「く、く、口説くなんてそんな……！」

「ははっ。それじゃ、自由に始めちゃって」

監督は私の元から離れていく。そして残されたのは、彼と二人だけの空間。海風。ビル群の明かりが空気に反射して、まるで私たちを照らし出すスポットライトみたい。

☆　★　☆　★

監督は頷いて、モニターの方へ行ってしまった。男性スタッフの一人が俺の元に駆け寄ってきて、目線カメラを取り付けてくれた。思っていた以上に重くて、気を抜くと首が前に垂れてしまいそうだ。無論、この場では気を抜けるわけがないんだけども。

山元美依奈の周りには、女性スタッフが数人集まっている。再開に向けてスタイリングの直しが必要なのだろう。

それもそうか。この冷たい風は、彼女の綺麗な黒髪をことごとく荒らしていく。それでも、俺から見たら十分すぎるほど綺麗なんだけど。

そういえば、宮《みや》さんの姿を見ていないな。撮影始まった時はその辺に居たと思うんだけど。

……いやまぁいいか。彼女が居たら後々面倒なことになりそうだし。逆に考えたら、いまこの瞬間は俺にとって至高であることに変わりない。

「新木さん」

「ん？」

カメラを付け終えて、立ち尽くすしか無かった俺に、彼女は声を掛けてきた。

その周りにはスタッフが大勢居る中だ。わざわざそんな時に声を掛けなくても。そう思ったが、ここでソレを言葉にするのは違う気がした。

「ありがとう」

あぁ、つくづく思う。

この子の笑った顔というのは、心にあるストレスというモノを綺麗さっぱり溶かしてくれると。桃色のチークを塗り潰すぐらいに赤くなった頰を、こうして見ているだけで心臓が高鳴って高鳴って仕方がない。

でもそんな痛みが、今の俺にはちょうどいいくらい夜風は冷たい。願うことなら、二人きりの世界でずっとずっと、君に見惚《みと》れていたい。世界で一番可愛くて綺麗な君に。

「当然」

そうやって見栄を張る。彼女は笑った。桃花愛未《ももはなまなみ》の時に見せてくれた顔よりも、もっと綺麗になって。

監督が彼女の元に駆け寄って、何か話している。その声までは聞こえないけれど、照れ臭そうに笑う彼女は、どこか悪戯《いたずら》っぽく見える。

やがて、彼の一声でスタッフが散り散りになる。太陽よりも眩《まぶ》しい照明が彼女を照らす。俯瞰《ふかん》して見たら、二人だけの世界になっていた。けれどどうしても、周りの視線が気になってしまう。こんな場面に立ち会うのは生まれて初めてだし、仕方がないと言えばそうなんだけど。

それが少し、いや、すっごく。もどかしくてもどかしくて。胸が痛むぐらいには、息が詰まる感覚を覚えた。

「寒い？」

ダウンコートを脱いでワンピース姿になった彼女は、手すりに体を預けてただ海を眺めていた。監督の合図も無く、ただ二人きりの時間がゆったりと、どこか忙《せわ》しなく流れている。

スーツ姿の俺でもぶるりと体が震えそうになるが、彼女は全然そんな素振りを見せなくて。だからそんな問いかけを、つい。

「寒くないよ」

その視線は、海を跳ねるトビウオみたいに揺れていて。ゆったり、おっとり流れる波と煌《きら》びやかに輝くビル群。そしてそんな彼女に落ちるスポットライトのような星々。揺れて跳ねて、トビウオみたく俺の視線を揺らがせる。ジッと見つめていたら、心を根こそぎ奪われてしまう。

「そっか」

話が続かないから、早くカメラを回して欲しい。こんな面白味《おもしろみ》のない相槌《あいづち》を入れるぐらいなら、黙っておいた方が良かったのかな。

手すりに両腕を乗せていた彼女は、ひょいっと体を起こして一つ息をついた。でもやっぱり、俺の方を見ない。君の横顔だけがただ俺の瞳を独占している。

「こっちを向いてよ」

意図せず漏《も》れた言葉のことを、理解した時にはもう遅かった。思わず口元を押さえてしまったけど、それでもやっぱり彼女は振り向こうとしなかった。

でも微《かす》かに、横顔でも分かるぐらいには口角を上げて見せて。俺を揶揄《からか》うような、まるで子どもみたいな雰囲気を一気に纏って。

「どうして？」

ほらやっぱり。元はと言えば、俺が変なことを言ったからである。けれど、わざわざそれをこんな場面で突っかかってくる方もおかしい。

少し悔しいから、正論をぶつけることにした。

「撮影始まるから」

「それだけ？」

「……うん。他意はないよ」

そうやって理性の武装を剝《は》がそうとしてくるのは、彼女の癖だろうか。だとしたら、中々にタチが悪い。

俺の言葉を聞いた彼女は、何も言わずにただ風になびくワンピースとともに。

この世界をゆったりと泳いでいるみたいに、俺の元から離れていくような。目の前に居るのに、呼び止めてしまいたくなるような。手を伸ばしたくなるような。そんな感情は、この夜風に吹かれてどこかの誰かの背中を押すのだろう。

「――」

「え？」

風が吹いたわけでもないのに、大きな音が響き渡ったわけでもないのに。彼女が言った言葉を聞き逃してしまった。だから思わず声が出たけれど、それは至って自然な反応である。

それなのに、そんな俺なのに、彼女はようやっとこっちを向いてくれた。少しムスッとして、ただただ俺の視界に入り込んでくる。

あぁ、逃げられない。彼女の視線から、感情から、全てから。桃色の雰囲気が俺の体に染み込んできて、全身が染まりきるまでこのままで。

「好き」

鼓動の音すら、彼女の声に飲み込まれていった。あっけなく、俺のしょうもない思考回路は遮断されて。

耳鳴りに近い音が頭の中に鳴り響いたと思えば、桃色の感情の波は全身に流れ込む。血液を乗っ取るんじゃないかってぐらいに沢山のハートを持ってきやがった。

「――へっ」

対して、口から漏れたのは言葉というにはあまりにもお粗末すぎるモノ。喉が驚くほどに締め付けられて、感情を、想《おも》いを紡ぐことを許さない。

「好きです」

追撃。彼女の瞳から、顔を背けることが出来ない。震えて震えて、この目線カメラがブレブレになっていても仕方がない。

桃色のチーク。光り輝いて、どんなダイヤモンドよりも人の視線を奪う。あぁ、これが彼女なんだ。俺がずっと前から推していた桃花愛未ではなくて。

俺が好きな——山元美依奈なんだ。

そんな思考は、また乱されることになる。

監督の一声。「オーケイ!!」とフルテンションでスタッフを鼓舞するような声で。

☆　★　☆　★

黒のダウンコートを脱いで、白のワンピースが風に舞う。家じゃ使わない洗剤の匂い。香水の香り。鼻を抜けて、自身の体温を上げていく。

冷気で、ひんやりと体を灼《や》く手すりの上に腕を乗せた。長袖ではあったけど、やっぱり

伝わる独特の冷たさ。でも今は、それがすごく心地良かった。

「寒い？」見かねた彼が問いかけてきた。確かに傍《はた》から見ればそう思うだろう。ワンピースの色も白。どうしても寒々しい印象を与えてしまう。

ゆったりと流れる波に視線を泳がせながら、一つ小さく息を吐《つ》いた。3月になったけど、やっぱりまだ冷たいみたい。白い煙が私の口から出てきたから。

否定する。自分でもよく分からなくなっていた。

つい数十秒前まではそれが本心だと確信していたけれど、白い息を見てしまったことで寒くなってきた気もする。でも、ここでそう言ってしまえば彼は撮影を早く進めようとするだろう。

すごく優しくて不器用な人だから。お互いに言葉が見つからなくて、少しの静けさに包まれた。けれど、それもすぐに彼が切り裂く。

体の奥からじわりじわりと、熱が表面に浮かび上がってくる。そんな感覚に襲われた。ドキリとした。彼からそんなことを言われた記憶がなくて、思わず素直に従いそうになる。だけど必死に我慢した。その代わり、緩む口角には無視をして。

だって「君のことを見たい」って言われてるようなモノだったから。だから私だって
――けれど、感情と理性が頭の中でケンカしている。

「どうして？」

結果、理性の勝利だ。彼を揶揄いたいというだけで耐え抜いた感情。いま、この場面であれば普段とは違った答えが聞けるかもしれないと淡い期待を寄せて。

「撮影始まるから」

ばか。意気地なし。仕事だって分かってはいるけど、今は事実上二人だけなんだから、変なことの一つぐらい言ったっていいのに。ばか。

星々が光り輝くこの夜空。海に映えるソレをゆらりゆらりと眺めていると、どこに眠っていたのか分からないこれまでの記憶が目を覚ましてきた。

彼と初めて出会ったあの日。いや、本当は握手会の時から顔は知っていたけれど、彼はこんな私の茶番を許してくれた。彼の出方次第では、好き勝手に遊ばれてた可能性だってあるのに。

この人は、丁寧《ていねい》に対応してくれた。自分が巻き込まれたことも、面倒だってことも分かった上で。その優しさは、彼に会うたびに心を侵食していった。

「……………」

彼のことを考えれば考えるほど、頭の中が痺《しび》れていく。そしてそれは、自身の胸の中まで広がっていって、やがてハートの血液を全身に送り込むポンプと化してしまう。

「すき」

やがてそれは——言の葉となって空気中を舞う。舞って舞って、彼の元まで。届く前に消えてしまうぐらいの小さな声で。

「え？」


むぅ。分かっていたけど、ちゃんと聞いていて欲しかった。こんなのは私のワガママだって分かっている。でも、あなただから聞いてほしいの。こんな私の、誰にも譲りたくない感情を。

ようやく彼の顔を見ると、キョトンとした表情をしていた。可愛かったけど、今は少し厳し目にしておきたいな。ジッと彼の瞳を見つめる。私の中に吸い込むぐらいの沢山のハートに溺れてほしい。

「好き」

二度目。でも、彼にとっては初めて。

だから少し温度差があった。言った私は思いのほか冷静だった。けれど、彼の顔はみるみる内にりんごみたいになっていく。

撮影が始まっていないと思っているから、いきなりそう言われる意味が分からないんだろうな。うん。それで良い。今はそれで。

「好きです」

ここで目線を彼の頭上にあるカメラに移す。こういうのはＣＤの初回特典とかでやったけど、一番上手《うま》く出来た自信があった。

本当はもう一度、あなたの瞳を見つめたまま言いたかったんだけど。どうやら私の方も心臓が限界を迎えていたみたい。体に力が入らなくなって、ダラリと手すりにもたれかかった。

監督のご機嫌な声が聞こえる。上手くいって良かった。また海を眺めながら安堵《あんど》する。スタッフさんがダウンコートを着せてくれたけれど、この不思議な疲労感は消えそうもなかった。

でもそれは、彼も同じみたい。

顔を真っ赤にして、近寄ってきた藤原さんに揶揄われてる。

もっと私を意識しろっ。ばーか。

☆　★　☆　★

自宅の空気を吸うと、人間の気持ちはプツンと切れるモノなのだと痛感した。

ベタついている体なんて関係ない。そのまま古びたソファに倒れ込んだ。力が全く入らない。頭はバカみたいに山元美依奈のことしか考えられなくなっていた。

——好き。

「だあああああっ!!」

頭をぐしゃぐしゃと掻《か》いて、一人悶絶《もんぜつ》する32歳独身男。なんだこれは。まるでその辺の男子高校生みたいじゃないか。恋愛経験が豊富とは言えない点を考慮しても、あまりにもウブすぎる気がした。自分でも。

第一、あの監督も彼女もひどいよ。撮影始まってたなんて俺には一言も言ってなかったし。

彼いわく、それが狙いだったと笑ってたけど、笑い事ではない。おかげで絶頂しかけたのだ。今ここで生きていることがある種の奇跡だと思う。

何も考えずスマートフォンをタップする。時刻は夜の11時半。晩飯だって食いそびれたし、明日は通常通り仕事だ。もうシャワー浴びて寝ることぐらいしか出来ない。

「……あぁやべえ」

その呟《つぶや》きは、時間が無いという意味ではない。

動く気になれず、スマートフォンで桃花愛未のことを無意識に検索する自分がいた。そして彼女がサクラロマンスだった頃の写真を見るたびに、ムカつくほどに胸が高鳴った。

この高鳴りは、あの頃のドキドキとは全く違うモノである。ひどく毒々しくて、桃のように甘い感情。彼女の体のラインを指で撫《な》でるだけで下半身が痛む。そういう目であの子を見てしまう。

その瞬間、俺はもう純粋なファンと呼べなくなった。明らかに見る目が変わってしまって、熱愛疑惑が出て会社を休んだ時とは比べ物にならないぐらいに、彼女に溺れている。

そしてそのまま、海面に浮上することなく永遠に。そうなりたくなかったから、ずっとずっと必死に言い聞かせていたけれど。

「……………あぁ」

俺は彼女に――。

いや、今日のことはただのキッカケに過ぎない。本当はずっと前から、何なら桃花愛未の頃からずっと恋していたのかもしれない。

だから俺は彼女に手を差し伸べて、ここまでズルズルとやってきた。

本当は昔からそうだったのだ。自分が一番なりたくなかった「ガチ恋勢」だということから目を背けたくて、ずっと自分を偽って。

これからどうするか、と脳内会議が開かれる。でも結論はすごく単純で、このまま彼女の行く末を見守ることが一番だと。

でも――本当にそれでいいの？

もう一人の俺が問いかけてくる。スーツの胸ポケットからタバコを取り出すが、中身が空になっていた。「最悪」と呟いて、だらりと力が抜けていく。コンビニに買い出しに行っても、帰ってくる頃には日付が変わっているかもしれない。シャワーも浴びれていないし、やることが山積みだ。

けれど俺は、スーツのジャケットを羽織って、部屋を飛び出した。あのまま思考していたら、きっと良くない方向に転がっていく気がしたから。

来た道を戻る。コンビニは西荻窪《にしおぎくぼ》駅の近くにある。閑静な住宅街を抜ける必要があるから、女の人が一人で歩くのは良くないと思う。街灯はあるけど、やっぱり闇に飲まれる感覚は否めない。

とにかく今は、タバコの煙に溺れたかった。頭の中も心の中も、ハートの洪水。その先には山元美依奈が天使みたいに笑っている。

コンビニに入ると、にわかに暖かい空気に包まれた。仕事終わりのサラリーマンやＯＬがちらほらと。つい同情してしまう自分が居たけど、彼らよりは気分的にもいくらかマシである。

「37番を2箱ください」

もうこんな事態になりたくないから、念のため2箱買う。本音を言えば1ダース買ってしまいたいが、心の中に居る最後の良心みたいなものがソレを許さなかった。

会計を済ませ、一つ息を吐《は》く。時刻は夜中の24時を過ぎようとしている。

そういえば入り口のところに灰皿があったはずだ。ここまで来たら数分のロスなんて関係ない。ここで吸って帰ろう。さっさとシャワーを浴びて眠ってしまおう。

この桃色から逃げ出すように。いや、夢の中で君に会えることを願って。

香る。鼻を抜けていく。桃の夜。

そうやって君は、いつも突然目の前に。

☆　★　☆　★

真っ黒な帰り道は疲労感を増幅させる。西荻窪駅から自宅までの道のりは見飽きたぐらいなのに、今日は一段とその感情が姿を見せる。

撮影終わりで自宅近くのコンビニに立ち寄ろうと考えた。街灯があるとは言え、一人で歩くのは少し怖いのが本音。だから自然と足早になる。道中にあるコンビニの灯《あか》りですら、私の心を落ち着かせてくれる。特に用は無いけれど、何か買い忘れたモノがあるかもしれない。その程度の思い付きで。すると、誰かが出てきたから思わず道を空ける。

「………あ」

男の人の声だった。まるでファンが推しの芸能人を見つけた時みたいな、すごく気の抜けた声をしていた。

今は上手く対応出来る気がしなかったから、その人と目を合わせないようにして店内に足を踏み入れようとする。

「――山元さん？」

店内の雰囲気に呑《の》まれる前に、彼に呼び止められた気がした。恐る恐る振り返って、見上げてみる。星が輝いているみたいに、彼が笑っていた。

「偶然過ぎない？　買い物？」

「え、あ、えっと……」

マスク姿の私に気づいてくれるのは、彼ぐらいだと思う。だからこそ、胸が高鳴った。

「帰りなら駅まで送っていくよ。暗いし」

「あ……実は家近くて」

「ま、マジ？」

別にばれてもいい。彼になら。すごく驚いていて、なぜか恥ずかしそうに笑っている。照れ隠しかどうか知らないけど「買い物しなくていいの？」と彼が聞いてきた。

元々買い物することもない。適当に理由を付けてコンビニを出た。

私の左隣に立って、道路側を歩いてくれている彼。うっすらとタバコの匂いがする。彼の匂い。甘くて苦くて、優しい香りがゆらゆらと。

「……良かった」

思わずこぼれた言葉を、彼は不思議そうに聞いていた。

「どうして？」

「……夜道は苦手だから」

「そう。それなら俺も良かったよ」

「うん」

あなたに会えてよかった、という意味だったんだけどね。本当は。でも直接言うのは恥ずかしいから、言わない。ナイショ。あなたに一番聞いて欲しいのに、一番聞かれたくない。

沈黙が夜に溺れる。でも、何か話さなきゃとは思わなかった。ただ肩を並べて歩くこの時間すらも、私にはすごく幸せなの。ただあなたに包まれる。夜の空気が優しく体を覆う。

空を見上げてみると、思いのほか星が綺麗《きれい》な夜だった。全然意識してなかったけど、こうして眺めるのも悪くない。むしろ、心のストレスが消えていくみたいで心地良い。

「ここなんだ」

「そう。それじゃ、おやすみ」

「あ……」

彼はすごく素っ気なかった。出会った中で一番だと思うぐらい。私になんか興味が無いって言われているみたいで。

マンションの入り口に私を置いて、彼はそのまま夜道に消えていった。残されたのは虚《むな》しさと寂しさ。少しの後悔。呼び止めて、少し話せば良かったと。でも追いかける気にはなれなかった。それを疲れのせいにしてる自分がすごくダサい。

オートロックの鍵を回そうとした時、ポケットに入れていたスマートフォンが震えた。

2回じゃ止まらなかったから、電話だと察する。夏菜子《かなこ》さんだろうと思ってスマートフォンを手に取った。

「え……？」

私の予想は外れた。そして、答えは想像の斜め上をいく。恐る恐るボタンを押して、冷たい画面を耳に当てた。

「もしもし？」

『……ごめんね。いきなり』

開口一番に謝ってくるのが、この人らしかった。何も謝罪する理由なんてないのに。すごく不思議。けれど、それが変にツボに入って思わず笑ってしまいたくなる。すごく変な感情。胸を覆い尽くそうとしている彼の存在。

つい10秒前まで一緒に居た彼の声。電話だと少し違って聞こえる。それでも私の好きなトーンだった。

「どうしたの？」と聞いてみると、彼は苦そうに笑った。まるで太陽に照らされているみたいな、自分を誤魔化《ごまか》すみたいに。

『いやその……なんていうか』

よく分からなかったけど、ひどく胸が高鳴った。夜はまだまだ肌寒いのに、それを感じないぐらいには体温が上がっていく。

どくん、どくんと脈打つ体。鍵を回すことを忘れて、ただ入り口で立ち尽くすしかないこの夜。さっきまで平気だった沈黙が、今はすごく苦しかった。

『俺はその……君のファンだから。誰よりも君のことを推している一人の男だから』

「……うん。そっか」

嬉《うれ》しい言葉であるのに、悲しくすら聞こえるセリフだった。本音を言えば、全然嬉しくない。寂しい。彼はやっぱり私のことを第一に考えてくれている。優しさなのに、今はソレが憎くて仕方がない。

その言葉のおかげで、少し冷静さを取り戻してしまった。でも、驚いて鍵を引き抜いた私の手はだらりと垂れ下がったまま。

「……新木さん？」

私がそう問いかけたのには理由があった。電話越しの彼は何も言わなくなっていたから。

切れたのかなと思って画面を見ても、通話中のアイコンは消えていない。

もう一度、ソレを耳に当てて軽く咳払《せきばら》いをしてみる。反応はない。「切っちゃうよー」なんて脅《おど》してみる。精一杯の強がりではあったけど、電話越しの彼には伝わったらしい。少し息を吸う音が聞こえた。

『ねぇ、美依奈』

彼から名前を呼ばれるたびにドキッとする。良い加減慣れたいのに、彼の声はそれを許してくれない。

「なに？」私が聞き返すと、すぐに返事は来ない。焦《じれ》ったい。すごく。相変わらず体温は上がっていく。不思議なモノで、この熱っぽさはとても心地が良かった。

『こっち見て』

「――えっ？」

そう言われて、視線を左にずらした。マンション敷地の入り口。

そこには、さっきまで一緒に居た彼が立っていた。右耳にスマートフォンを当てていて、私と目が合ってからソレをポケットにしまう。

あまりにも意味が分からなくて、ただ耳元から流れる機械音を受け止めるしか出来ない。

3歩分ぐらいの距離。すごくもどかしい。もっと近くに来ればいいのに、彼はそこから動こうとすらしない。耳元では流れていた機械音も終わりを告げた。

彼みたいにスマートフォンをしまうと、体に力が入った気がした。いや、強張《こわば》ったような感じがした。

二人だけの夜に溺れたみたい。息が出来ないぐらいの不思議な感覚。あなたの優しい視線が私の心の中に入ってくる。それは火照った体をさらに熱く熱く。真夏の中に追いやっていく。

「新木……さん……？」

なんだろう。今の私は、今の彼は、なんだろう。ひどく変な感じがした。生まれて初めて味わう感触。キーンと耳鳴りがして、とにかく彼の中に飲み込まれていくみたいな、あぁ、上手《うま》く言葉に出来ない。

耳鳴りが治まらない。静かにしてくれない私の心。このままだと、彼の言葉を聞き流してしまう。

ねぇ、お願い。お願いだから、今だけは。聞き間違いなんてしたくないから、だからお願い――。

ポロッと落とした鍵の音も聞こえない。風の音も聞こえない。星々が輝く声すらも何も。

もう一度。もう一度。

何度だって聞きたい。あなたのその言葉。

今はもう、あなたの声しか聞こえない。

あなたしか、見えない。

☆★☆★

それは本当に偶然でしかなかった。

明日のことを考えて、タバコを買いに出かけなかったら出会わなかった。

半ば自棄《やけ》になっていたことがこの奇跡を生んだわけで。でも自身の決断を褒めるつもりはなかった。

「……………あ」

それは本当に偶然でしかなかったのだ。

きっと、ここに用事なんて無かったんだろう。ただ明かりが見えたから。その惰性で寄ろうとしただけ。別にそれで良い。でも、その惰性《思いつき》が無かったらこうして一緒に帰ることなんて出来なかったから。

コンビニを出て、二人で暗闇に出る。君が隣に居ると、不思議と明るく見える。

絶対に会うことがなかっただろうに、これを運命と呼ぶのは少し恥ずかしいぐらいには繋《つな》がりを感じざるを得ない。それぐらい、君との出会いは奇跡だと思う。

電話してきてくれた君の声。君の肩を抱き損ねたあの冬の日。記憶のフィルムがぐるぐる頭を回り回って、彼女への思いを増長させる。そのせいで、余計に恥ずかしい気分だ。

無意識に彼女の方を見た。瞳が合う。優しく微笑《ほほえ》んで、でもまた俺から目線を逸《そ》らした。

「夜道は苦手」と苦笑いする君。納得する自分は居たけれど、それを受け入れる気にはならなかった。なんというか。本心なのに本心じゃない。そんな気がしてならない。でも君を責め立てる気にもならない。だから肯定するしかなかった。

やがて訪れる沈黙。でも正直、これが全然苦にならなかった。むしろこのままでも良い。ただ君が隣に居てくれるだけで、心が穏やかになる。仕事のストレスなんて吹き飛んでいく。

この夜に沈んでいく。月が浮かぶ暗闇に。星が散る夜に。君と二人でこのまま、どこまでも行ける気がして。君の家が見えて、締め付けられる胸から目を逸らして。

「あ……」

彼女が暮らすマンションは、俺の自宅からすぐの場所にあった。

その事実から目を背けるように、素っ気ない態度で彼女に背を向ける。

痛む心臓は否定しない。でも、こうしないとダメだと思った。このままダラダラと、君を放したくなくなるから。だから、必死に取り繕って。

一人の夜道。暗闇。何も無い。さっきまで虹色に見えたのに。その理由はすごく単純で。分かりきっていた。

『もしもし？』

でも、でも。やっぱり、君の声を聞きたくなった。

スマートフォン越しに聞こえる君は、戸惑いの色を隠さないでいる。それもそうだ。さっきまで一緒に居たのに、わざわざ電話をしてくる男がここにあるわけで。

『どうしたの？』

ストレートに聞いてくる。それもそうだろう。今この状況。それ以外に投げる言葉は無い。俺でもきっと、同じことを言っていた。

「いや……なんていうか」

理由を上手く説明出来るのなら、きっと電話を掛けていない。それを自分でも良く分かっていたから、思考を巡り巡らせることしか出来ない。そして導き出した結論。

「俺はその……君のファンだから。誰よりも君のことを推している一人の男だから」

俺も君のことを言えないな。ただの精一杯の強がりだったせいで、君の反応は素っ気なくて。

本心であるのはそうなんだけど、本当はもっと言わなきゃいけない言葉がある。君に。君だけに。美依奈だから伝えたい気持ちがある。

沈黙。さっきと同じ。でも、痛い。苦しい。何か言わないといけない、そんな圧迫感に襲われる。

タイミングを見計らったみたいに、もう一度記憶のフィルムが回り出した。

君を泣かせないと誓ったあの日。

君に好きと言われて《の台本通りの演技で》鳴った胸。

その全てが、俺の体の中に染み込んでいる。夜だというのに。沈黙だというのに。体が熱く、熱く火照っていく。

『切っちゃうよー』なんて揶揄《からか》う君の声。それが聞こえた時にはもう、俺は踵《きびす》を返していた。ただこのまま切られてしまっては意味がない。少し速く、足を動かして。

マンションの入り口に戻ってくると、美依奈は鍵を回そうとしていた。早く言葉を投げないと、切り離されてしまう。

「ねぇ、美依奈」

『なに？』

俺の存在に気づいていない。でも鍵を回そうとはしていなかった。タバコのせいで息切れが早い。だから悟られないように畳み掛ける。

「こっち見て」

『――えっ？』

スマートフォンを耳に当てたまま、彼女と目が合った。驚いている。少し距離はあったけど、ここからでも分かるぐらいに君は。

電話を切って、ポケットにしまう。でも彼女は耳に当てたまま少し考えていた。いや切るのすら忘れているみたいで、可愛《かわい》くすらある。

君との距離は3歩分。遠くて近い。手を伸ばしても届かない。でも、言葉なら君の胸まで突き刺さる。そうだろう？

耳鳴りがする。キーンと痛む。でも、僕の名前を呼んでくれた気がした。

ただ彼女のことを見つめられるのなら、今はそれで良い。

瞳が合う。今日何度目だろう。指に引っ掛けている家の鍵。カチャリと風に揺れて、独特の金属音が耳鳴りを増長させる。

同時に、湧き上がる。心の奥に押し込んでいた想《おも》い。素直な感情がカタチを変えずにそのままに。誰にも負けない。誰にも傷つけさせない。俺が、俺だけが君のことを守れる。

やっぱり、君の声を聞きたくなった。

今から告げる言葉に、何と言ってくれるだろう。その答えは全く分からないけれど。言いたい。想いを。叫びたい。

受け止めてくれるかどうかは分からない。でも、伝えなきゃ始まらない。君がアイドルだとしても、僕が心を奪われたのは山元美依奈という女の子なんだから。だから、もっと近くで君のことを見つめさせて――。

ポロッと落とした鍵の音が響く。夜風を切り裂いて、春風がやって来る。星々が輝いて月を彩る。空が鳴く。強く強く。

何度だって、何度だって。

君のためなら、嫌というほど言ってやる。

今はもう、君の声しか聞こえない。

君しか、見えない。


「僕は誰よりも君が好きだ」

☆　★　☆　★

風が止《や》んだというのに、空気が震えている気がした。寒くない。むしろ暖かい。すごく、すごく。

星々にも負けない輝き。私の目の前に立つ彼は、ただただ瞳の奥を覗《のぞ》き込もうとしている。見ないでよ。そんな顔で私の心を見つめないで。

「………あ……え、えっと……」

私が口を開かないと始まらない。それだけは理解していたから、ままならない思考をそのまま言葉にしてみる。案の定、それは意味を成さなかった。

ここで私に出来ることは一つ。彼の言葉に私の意志を示す必要があった。それは、イエスかノーか。その二択。単純だけど、すごく複雑。今の私にとっては、ものすごく。

瞳が揺れる。彼は私を覗き込む。目線を逸らしたいのに、この人の顔から目が離せなかった。離しちゃうと、どこか遠くに行っちゃいそうな気がしたから。

「君が好きだ」

二度目の告白は、一度目よりもハッキリと聞こえた。全身に広がっていく麻薬のよう。震える感覚。この独特の緊張感は、彼にしか出すことが出来ない。

熱が、じわりじわりと蝕《むしば》んでいく。やがてそれは、私の白い頰《ほお》を染める。熟れた果実のよう。ただあなたに見惚《みと》れるしか出来なくて、頭を回すだけの余裕なんて無くなっていた。

自分が今どんな顔をしているのかも分からない。きっと、すごく間抜けな表情をしているに違いない。だからようやく視線を逸らした。

面と向かって告白されたのはいつ以来だろう。でも、学生の頃から芸能界への憧れがあったから、周りの男子たちは近寄ってこなかったし、私も近づこうとしなかった。

慣れていないと言えばそれまでだけど、こういう時はどんな顔をするのが正解なんだろう。そもそも正解というのが存在するのかも分からない。

「……美依奈？」

彼が名前を呼んでくれた。それは沈黙が長くなりすぎたことを私に知らせてくれる合図にもなった。

思考の海から顔を出すと、また彼と目が合う。熟れた顔を見られるのは恥ずかしくて、つい苦笑いをして逃げる。

チラリと合う彼の瞳は、私の心に寄り添ってくれる。そんな優しさをうっすらと纏《まと》っていた。鼓動が高鳴る。これでもかと言わんばかりに。

「ご、ごめん……び、びっくりして」

「お、おう……」

謝った時点で、彼の口元がピクッと動いた。他意は無かったけれど、告白に対する返事だと思ったのかもしれない。

それでビックリしたのかな。そうだったらすごく可愛いな。そういうところを含めて、彼なんだ。私が離れたくなくなった彼。

「びっくりした？」

「……うん。すっごく」

まるで動揺を誤魔化《ごまか》すみたいに、彼は同じことを聞いてきた。でも、私は私で気持ちが少しだけ落ち着きを取り戻している。

だから何も言わずに、そのまま肯定した。でもそれに続く言葉は出てこなくて、この夜はまた黙り込んだ。瞳を伏せて、一生懸命に思考を紡いでみる。

本心は自分でもよく分かっている。だからこそ、苦しかった。ここで私が頷《うなず》いてしまえば、彼のことを巻き込んでしまう。面倒で、一人の力じゃどうしようもないところまで。

だから、だから。首を横に振らないと。彼のためにも、ここで無理やりにでも突き放さないと。でも、私の喉から込み上げてくる感情を誤魔化すので精一杯だった。

「え……？」

「……君自身の答えを聞かせて」

彼の言葉は、今の私によく染み渡った。

「私の……答え？」

「うん。正直な気持ちを聞かせてほしい」

顔を上げて、また彼の瞳に甘える。その目は、私のことをどう見ているの？

『君のファンだから。誰よりも君のことを推している一人の男だから』

一人の女として？　それとも、あなたが推す一人のアイドルとして？

あなたの言葉が私を混乱させているの。分からない。分からないよ。吾朗《ごろう》さん。

「それは——アイドルとしてって、こと？」

核心。そうであって欲しくない。頷かないで。お願いだから、首を横に振って。お願いだから。

ただずっと、そんなことを思いながら彼の瞳を覗き込んだ。心がどんな表情をしているのかまでは読めない。でも、すっごく考えてくれてるのは伝わってきた。

「――関係ないよ」

それはどういう意味？　よく分からなかったから、私は意味を持たない言葉を漏《も》らすしか出来なかった。でも、あなたは違った。

「君がアイドルとか、どうでもいいんだ」

ドキッとした。あまり良い意味じゃない感じがしたから。でも彼は、言葉を続ける。まるで最初から弓矢をセットしていたみたいに素早く。

「俺はただ、君の隣に居たい」

核心を優しく包んでくれる。温かくて、ひんやりと冷たくもあって。でも、あなたに身を委ねたくなる心地良さ。

心の奥。一番深いところに沈んでいた感情が、スーッとせり上がってくる。瞳。揺れる。

あぁ、涙が溜《た》まってるんだと気づくのには、少し時間を要した。

「ずっとずっと、一番近くで見惚れていたいんだ。君が好きだから。だから――」

流れない。流すわけにはいかない。ここで感情を表に出すと、彼に揶揄われるかもしれないから。だからもう少しだけ。もう少しだけ。頬を伝うのを諦めて。

自身の気持ちを先回りして、そんな嬉《うれ》しいことを言ってくれたあなたに言葉を投げかける。

「プロポーズみたい」

しんとしていた夜。それが少し揺らいだ。風が吹いたわけでもないけれど、彼が纏う雰囲気が一気に緩んだ感覚。でもそれは案外当たっていた。

「なっ……！」

「ふふっ」

狼狽《うろた》えてる。可愛い。それと同じぐらいのことを言っているのに、自覚無かったんだなぁ。

それぐらい、私のことを想《おも》ってくれていた。彼は私と同じで、目の前にいる人のことを好きでいてくれた。

「そう捉えてもらってもいいよ」

彼は揶揄い返してきた。ムカつく。それを否定したくない自分が居るから、あまり強く言えないのが、なおのこと。

「うっ……。ばか」

「大ばかだよ。俺は」

「……ばーか」

こんなことしか言い返せない。だけど、彼はすごく嬉しそうにしていた。笑った顔。ずっとずっと見ていたくなる。格好良くて、可愛くて。その胸に額を当てたくなる温かさ。

「――でも嬉しい」

「美依奈」

名前を呼んでくれた。

優しい声。低くて、落ち着く声。

「一人じゃなくなる」

「ああそうさ」

本当に？　私は面倒な女だよ。

「泣いちゃう時もあるよ」

「慰めるさ」

優しいね。簡単に想像出来るや。

「怒る時もあるよ」

「ご機嫌取るさ」

どんなことして笑わせてくれるの？　楽しみだなぁ。

「甘えちゃう時だって……」

「抱きしめるさ」

うん。ギュッてして。私がどこにも行けないように。

力強く、あなたの腕で包み込んで。


「――僕と、お付き合いしませんか」


あぁ、堪《こら》えられない。瞳に溜《た》め込んでいた感情は、赤く染まった頰を伝う。その跡はひんやりと。

ずっと、ずっと言われたかった。あなたからそうやって想《おも》いを告げて欲しかった。夢を見ているみたいに、足元からふらつく感覚に襲われる。

「あなたが居てくれることが、こんなにも幸せなんだって、心から思うの」

優しく微笑《ほほえ》んで、ただ夜に消えていくこの言葉を必死に受け止めてくれる。

「こんな私でも、いいの？」

「もちろん」

「迷惑かけちゃうよ」

「迷惑だなんて思わないよ。一緒に背負おう」

あなたに迷惑を背負わせたくない。だから私一人で――なんて建前は、もうどこにも存在しない。

どんな夜も、あなたが隣に居てくれたら乗り越えられる。頑張れる。あなたのために、歌いたい。舞台に立ちたい。

「君の苦しみを半分にしよう。僕の幸せを半分あげるから」

あぁ、流れ込んでくる。

あなたの幸せが。私の心の中に。ゆっくりと、でも私のことを奪い取るみたいに強く。

うん。ちょうだい。あなたの幸せを。受け止めるから。誰よりもたくさん、あなたの想いを。この優しさは誰にも渡したくない。独り占めしたい。少しも溢《こぼ》さないから。だから――。

「私も、あなたが好き。あなたの、たった一つの幸せになりたい」

あなたの欠けた心に、私の幸せを半分あげる。私もあなたの隣に居るから。ずっと、ずっと。だから、受け止めて。吾朗さん。私の大好きな吾朗さん。

落とした鍵のことも気にならない。春風の暖かさにも今ごろ気づいた。

あなたのこと以外、今はどうだっていいの。だってすごく、すごく幸せなの。

ねぇ、伝わってる？　大丈夫だよね。

だって、私が大好きなあなただから。

噂話《うわさ》

消えゆく言の葉は夜に

世間からその存在を忘れられた時が、命の終わりであるとどこかの哲学者が言った。それを鵜呑《うの》みにするのなら、彼女はまだ生きている。姿を消したところで、消しただけで何も変わりやしない。

彼女の沼にハマっている人間は根強く生きている。記憶の中に残ったままのあの子を見つめながら、目の前の壁を乗り越えようと奔走する。

戻ってくるかもしれないとの噂が風に乗ってきた。あくまでも噂だ。頭では理解していたが、噂というのは繊細なもの。信じすぎては損をする可能性も高い。

熱愛疑惑というのはフェイクで、本人の自演というのは業界では有名な話。事務所の看板を捨ててしまえば、生き残っていけない。

それが日本の芸能界なのだ。

事務所が力を持ちすぎた故《ゆえ》に、所属タレントに魅力があるかは二の次、三の次。事務所が推し出そうと思えば、いくらでもそうなる。

OSHI ni
NETSUAI GIWAKU
detakara
kaisya yasunda

これが世間のテレビ離れの原因でもある。面白くもない人間を見ようと思わないだろう。心のどこかで、彼女に期待している。かつてのあの頃のように、たった一人のアイドルが、国民を熱狂させるあの時代のように。

飲み慣れた黒い匂い。埃《ほこり》を被《かぶ》った原稿用紙。安い紙タバコ。そのどれもが時代を作った私の部品そのものである。

時代は変わっていくものだ。

人というのは変化を求める。恋にしても、愛にしてもそうだ。見た目にしても、心にしても。理解しようと思えば思うほど、鬱陶しく受け取られる。

詰め込まれた言葉。一から百まで説明しなければ理解されない世界観。そんなのにはもうウンザリだ。だからこうして、私は干からびきった白髪もそのままに、付かないライターにイラついている。

インクの出ない万年筆に残ったのは、かつての栄光だけである。それに縋《すが》って新しいモノを生み出せなくなって、もうしばらく経《た》つ。

虚《むな》しさなんてのは無い。近年の音楽には興味を持てない。私のような老害が出る幕はもう無いのだと分かりきっているぐらいだ。

私と同じ時代を生きた人間は口を揃《そろ》えて言う。「あの頃は活気があった」と。今は違うのかと言われれば、そういうわけではない。

ただこの現代は、喧《やかま》しいだけで。

煌《きら》びやかなネオン街。星の光にすら目隠ししてしまうほどの輝きを私は見た。戻りたいのが本音であるが、言うだけ無駄だということも分かっている。

ウワサが　ゆらゆらと
風に乗って　やって来るわ
いつかの　夜の果てまで
消えるだけの　言の葉よ

感覚は戻ることを知らない。埃を被っていたこの原稿用紙も捨ててしまおうかと思っていたが、忘れていた。そのおかげで、私はここに座っているのだけれど。

さあ、何を書こう。思いついたことをそのままに連ねるから、私の心の声をそのまま表現することになる。まぁいい。どうせ誰も見ないのだ。

桃花愛未《ももはなまなみ》が、芸能界に戻るらしい。

風の噂がふらふらと。

あの世界から離れても、不思議なモノで火種があちこちに散らばっているから。そのせいで、結局私は忘れられないでいる。

だがどうやら、そう単純な話でもないらしい。彼女は彼女なりに苦悩しているようだ。確か所属事務所は、小さな所。まぁ辞め方が良くなかったから、大手は声を掛けづらいのだろう。その辺の事情には疎いからあまり知らない。

心の奥底に眠っていた感情は誤魔化《ごまか》しきれない。

それはそうだ。だってヒトというのは、そういう生き物であるから。欲望に逆らうことなんて出来ない。安直で、素直な生き物。

彼女がそうであるわけじゃない。誰もがそうである。だからこそ、ヒトの行いは儚《はかな》くて、脆《もろ》い。すぐに壊れるガラス細工のように繊細なのだ。

思い出す。ソロアイドル全盛のあの時代を。彼女なら、今の音楽業界に風穴を開けることだって出来るはずだ。

見た目の華、声の華、香りまで華がある。時代は変わり、テレビに出ることが全てではなくなった。だからこそ、桃花愛未には十分なチャンスがある。

世間の逆風なんて振り払ってしまえ。一人の女性が、誰かに恋をすること自体何も悪いことじゃない。アイドルだろうが、女優だろうが、女子高生だろうが、何だろうが。

恋をしているあの子は、誰よりも美しいのに。

その感情を無くしてしまった彼女は、光り輝けるのだろうか。

いや、違うな。きっとまだ、火種は消えていない。彼女の胸の奥の奥。そのさらに向こう側に残っているソレを、焚《た》き付けることができれば、星のように燃え上がる。

それがアイツに出来るだろうか。いや、やってくれる。そもそも、私は二人が一緒になろうがなるまいが、どちらでも良い。

語弊があるが、私が何かを言えた口じゃないということだ。若者の未来は、彼らが決める。私のような人間がどうこうできる話でもあるまい。

ただまぁ、涙を必死に堪えて頰張《ほおば》る彼を見ていると、応援したくなる気持ちもある。

あぁ、胃がもたれる。これが歳《とし》のせいか。

何を思う。君は。

遠くに見える　星のよう
燃える　あなたの心まで
声よ届いて　夜を呑んで
記憶に消えていくのよ

あとがき

自身で紡いだ言葉たちが売り物として店頭に並ぶのは、ひどく不思議な感覚です。最後までご覧いただき、ありがとうございました。あなたの心に少しでも響くモノがあれば、これ以上幸せなことはありません。

初出版になりますので、はじめましての方がほとんどだと思います。せっかくですので、この場をお借りして私の活字人生を振り返ってみます。

子どもの頃から、活字に触れる機会はあまり多くありませんでした。高校生ぐらいになってからは、ごくたまに気になった小説を買って、読んで、終わるだけ。年に何冊、と決まったルールもなく、本当に気まぐれです。それこそ、ライトノベルには全くと言っていいほど触れてきませんでした。

そう考えると、書き始めたあの瞬間の自分は、何を考えていたのだろう。時折、思い出すこともありますが、その度に疑問が頭の中で喧《やかま》しく騒ぎます。心の中を覗《のぞ》かれることは思いのほか恥ずかしく、体が熱を帯びていくあの独特の感覚は書いたことがある人にしか分からないかもしれません。

頭の中にある世界観を言語化する行為は、それぐらい胸を突いてきます。字となって視覚的に体の中へ入ってくる情報の拙《つたな》さや物足りなさは、心を抉《えぐ》るには十分にすぎる毒薬のようで。

不思議なもので、頭でははっきりと見える世界は、現実世界に吐《は》き出そうとすると途端にカーテンをかけたみたいにぼやけてしまう。同じような現象に見舞われたのは、私だけではないはずです。

ところが、ウェブ小説をだらだらと書き続けるうちに、恥ずかしさは薄れていくものですね。慣れです。無意識のうちに書き方が確立されて、好きな語感、好きなリズムが生まれて、頭の中の世界を少しはマシに言語化できるようになりました。

いま思えば、書く行為そのものが趣味になっていたからでしょうね。

しかし、一次創作、いわゆるオリジナル作品は本当に読まれないと痛感しました。導入部の工夫が重要だとは理解していましたが、現実は甘くない。書いた文章が読まれないほど、活字が虚《むな》しくなることはありません。

そんな中で、本作品。完全に思いつきでした。前例とか似たような作品が無いか調べることもせず、とにかく書かなければと躍起になり、その日にはカクヨムに1話を投稿していました。一日で40ＰＶ付いた時点で「今までとは違う」と感じたのを覚えています。

第7回カクヨムＷｅｂ小説コンテストが始まってからは、とにかくスパンを短くして投稿するようにしました。固定の読者を離さない努力と言うのでしょうか、いずれにしても埋もれないように時間を注《つ》ぎ込みました。

結果として特別賞を受賞できましたが、書いている間は入賞のことを考える余裕はあんまり無かったのが本音です。自分でも感心してしまうぐらいには走り切りましたね。寒い季節でしたが、とても暑い冬でした。

担当編集のK様、イラストレーターの天城《あまぎ》しの様、校正担当者様、本当にありがとうございました。素晴らしい体験ができ、作品を彩っていただけて作者冥利に尽きます。まさに人生の財産です。

続きが書けると幸せですが、それはどうなるか分かりません。ですので、一旦のお別れといたしましょう。

またいつか会う日まで。バイバイ。妄想の世界より。

カネコ　撫子《なでしこ》

推《お》しに熱愛《ねつあい》疑惑《ぎわく》出《で》たから会社《かいしゃ》休《やす》んだ

著　カネコ撫子《なでしこ》

角川スニーカー文庫　23393
2022年11月1日　初版発行

発行者　山下直久
発　行　株式会社KADOKAWA
〒102-8177 東京都千代田区富士見2-13-3
電話　0570-002-301（ナビダイヤル）
印刷所　株式会社暁印刷
製本所　本間製本株式会社

※本書の無断複製（コピー、スキャン、デジタル化等）並びに無断複製物の譲渡および配信は、著作権法上での例外を除き禁じられています。また、本書を代行業者等の第三者に依頼して複製する行為は、たとえ個人や家庭内での利用であっても一切認められておりません。

※定価はカバーに表示してあります。

●お問い合わせ
https://www.kadokawa.co.jp/（「お問い合わせ」へお進みください）
※内容によっては、お答えできない場合があります。
※サポートは日本国内のみとさせていただきます。
※Japanese text only

©Nadeshiko Kaneko, Shino Amagi 2022

Printed in Japan　ISBN 978-4-04-113088-9　C0193

★ご意見、ご感想をお送りください★
〒102-8177 東京都千代田区富士見2-13-3
株式会社KADOKAWA　角川スニーカー文庫編集部気付
「カネコ撫子」先生「天城しの」先生

読者アンケート実施中!!

ご回答いただいた方の中から抽選で毎月10名様に「Amazonギフトコード1000円券」をプレゼント!
■ 二次元コードもしくはURLよりアクセスし、パスワードを入力してご回答ください。
https://kdq.jp/sneaker　パスワード　**6ckvw**
●注意事項
※当選者の発表は賞品の発送をもって代えさせていただきます。※アンケートにご回答いただける期間は、対象商品の初版（第1刷）発行日より1年間です。※アンケートプレゼントは、都合により予告なく中止または内容が変更されることがあります。※一部対応していない機種があります。※本アンケートに関連して発生する通信費はお客様のご負担になります。

[スニーカー文庫公式サイト] ザ・スニーカーWEB　https://sneakerbunko.jp/

角川文庫発刊に際して

角　川　源　義

第二次世界大戦の敗北は、軍事力の敗北であった以上に、私たちの若い文化力の敗退であった。私たちの文化が戦争に対して如何に無力であり、単なるあだ花に過ぎなかったかを、私たちは身を以て体験し痛感した。西洋近代文化の摂取にとって、明治以後八十年の歳月は決して短かすぎたとは言えない。にもかかわらず、近代文化の伝統を確立し、自由な批判と柔軟な良識に富む文化層として自らを形成することに私たちは失敗して来た。そしてこれは、各層への文化の普及滲透を任務とする出版人の責任でもあった。

一九四五年以来、私たちは再び振出しに戻り、第一歩から踏み出すことを余儀なくされた。これは大きな不幸ではあるが、反面、これまでの混沌・未熟・歪曲の中にあった我が国の文化に秩序と確たる基礎を齎らすためには絶好の機会でもある。角川書店は、このような祖国の文化的危機にあたり、微力をも顧みず再建の礎石たるべき抱負と決意とをもって出発したが、ここに創立以来の念願を果すべく角川文庫を発刊する。これまで刊行されたあらゆる全集叢書文庫類の長所と短所とを検討し、古今東西の不朽の典籍を、良心的編集のもとに、廉価に、そして書架にふさわしい美本として、多くのひとびとに提供しようとする。しかし私たちは徒らに百科全書的な知識のジレッタントを作ることを目的とせず、あくまで祖国の文化に秩序と再建への道を示し、この文庫を角川書店の栄ある事業として、今後永久に継続発展せしめ、学芸と教養との殿堂として大成せんことを期したい。多くの読書子の愛情ある忠言と支持とによって、この希望と抱負とを完遂せしめられんことを願う。

一九四九年五月三日

「私は脇役だからさ」と言って笑う
そんなキミが1番かわいい。
クラスで2番目に可愛い女の子と友だちになった
たかた [イラスト]日向あずり
第6回 カクヨム Web小説コンテスト 特別賞 ラブコメ部門
『クラスで2番目に可愛い』と噂の朝凪さん。No.1人気の天海さんにも頼られるしっかり者の彼女は……金曜日の放課後だけ、俺の家に遊びに来る。本当は無邪気で甘えたがり。素顔で過ごす、二人だけの時間。

スニーカー文庫

物語を愛するすべての人たちへ

KADOKAWA運営のWeb小説サイト

イラスト:Hiten

「」カクヨム

01 - WRITING

作品を投稿する

― 誰でも思いのまま小説が書けます。

投稿フォームはシンプル。作者がストレスを感じることなく執筆・公開ができます。書籍化を目指すコンテストも多く開催されています。作家デビューへの近道はここ!

― 作品投稿で広告収入を得ることができます。

作品を投稿してプログラムに参加するだけで、広告で得た収益がユーザーに分配されます。貯まったリワードは現金振込で受け取れます。人気作品になれば高収入も実現可能!

02 - READING

おもしろい小説と出会う

― アニメ化・ドラマ化された人気タイトルをはじめ、あなたにピッタリの作品が見つかります!

様々なジャンルの投稿作品から、自分の好みにあった小説を探すことができます。スマホでもPCでも、いつでも好きな時間・場所で小説が読めます。

― KADOKAWAの新作タイトル・人気作品も多数掲載!

有名作家の連載や新刊の試し読み、人気作品の期間限定無料公開などが盛りだくさん!
角川文庫やライトノベルなど、KADOKAWAがおくる人気コンテンツを楽しめます。

最新情報はTwitter
@kaku_yomu
をフォロー!

または「カクヨム」で検索

カクヨム